Beatrix Mannel ✚ Willkommen bei den Chaos-Schwestern!

HELP!

Beatrix Mannel | Die Krankenhausserie

Willkommen bei den Chaos-Schwestern!

Band 1

Loewe

Bibliografische Information Der Deutschen Bibliothek
Die Deutsche Bibliothek verzeichnet diese Publikation in der Deutschen Nationalbibliografie; detaillierte bibliografische Daten sind im Internet über *http://dnb.ddb.de* abrufbar.

Der Umwelt zuliebe ist dieses Buch
auf chlorfrei gebleichtem Papier gedruckt.

ISBN 3-7855-4992-X – 1. Auflage 2004

Umschlagillustration: Eva Schöffmann-Davidov
Umschlaggestaltung: Andreas Henze
Redaktion: Eva Hierteis
Herstellung: Ulrike Schneider
Gesamtherstellung: GGP Media, Pößneck
Printed in Germany

www.loewe-verlag.de

Inhalt

Sesam, öffne dich!

Ich habe es geschafft. Ich stehe mitten in Frankfurt, in dieser Riesenstadt, vor einem rosabraunen Hochhaus mit sieben Stockwerken, die aneinander kleben wie monströse Bienenwaben aus Beton. Über dem Eingang thront ein gewelltes Plastikdach, auf dem schon kleine Blätterhaufen kleben. Dabei hat der Herbst gerade erst angefangen.

An der gläsernen Eingangstür befindet sich ein Metallschild: *Schwesternwohnheim der Nordendklinik*. Darunter steht in unordentlichen Klebebuchstaben: *und provisorisches Studentenwohnheim der Johann-Wolfgang-Goethe-Universität Frankfurt.*

Ich drücke fest gegen die Tür, zerre meinen Koffer zum Aufzug und suche den schlecht kopierten Zettel in meiner Tasche, der mir zeigen soll, wie ich zu meinem Zimmer im dritten Stock komme.

Ah, da ist er ja, völlig zerknittert. Leider kann ich kaum etwas erkennen. Was auch daran liegt, dass es hier mitten am Tag ziemlich schummrig ist. Es riecht unangenehm stark nach künstlich frischer Landhausbrise und ganz schwach nach Hundekacke. Die Wände sind mit Sprüchen besprüht, die alle schon mal das Motto einer Hippie-Retroparty meiner Eltern waren: *Make love not war* oder *Ami go home.*

Als ich auf den Aufzugknopf drücke, rumpelt es plötzlich laut durch die Eingangshalle. Dann bleibt der Aufzug irgendwo weiter oben stehen. Schließlich – ich habe mir schon überlegt, die Treppe zu nehmen – kommt er doch noch mit einem Rums unten an. Die Türen gehen erstaunlich geräuschlos auf und geben den Blick auf das winzige Innenleben frei. Da passen höchstens zwei schlanke Personen rein, oder ich und mein großer, alter Koffer, an dem noch vom letzten Griechenlandurlaub ein Schild mit meinem unbeschreiblichen Namen baumelt: Eliza-Lolita Podeschwa.

Wenn man so heißt, und *Eliza* dabei wie *Iiielaaisah* ausgesprochen wird, muss man eigentlich Filmstar werden. „I thank god and all my family", würde man dann am Höhepunkt seiner Karriere mit unterdrücktem Schluchzen ins Mikrofon hauchen, eine Glitzerträne zwischen die Augenwimpern zaubern und sehr bescheiden den goldenen Oscar entgegennehmen.

Meine Trophäen sind auch aus Metall, und sie liegen genauso gut in der Hand. Allerdings sind sie etwas größer und heißen ganz anders.

Die Rede ist von Bettpfannen. Denn ich möchte Krankenschwester werden. Und was meinen schrecklichen Namen angeht, ich heiße zwar Eliza-Lolita, werde aber zum Glück von den meisten Lilly genannt. Das passt viel besser zu mir als dieser schwülstige Bombasto-Doppelname.

Die Einzigen, die *Lilly* nicht mögen, sind meine Eltern. Lilly sei die entsetzlich prosaische Verniedlichung meines vollkommenen Namens, lässt Mama gern verlauten. Und ich habe noch Glück gehabt: Meinen Zwillingsbruder hätten sie allen Ernstes Clavigo-Orlando genannt. Aber von uns beiden bin nur ich lebend zur Welt gekommen, deshalb habe ich leider keine Geschwister und muss jedes Problem alleine mit meinen Eltern ausfechten ...

Der Aufzug hält äußerst unsanft mit einem Rumpeln an, und ich habe so ein Gefühl im Bauch wie manchmal im Traum. In diesem Traum falle ich vom Himmel Richtung Erde und möchte laut singen vor Freude, und gleichzeitig kriege ich den Mund nicht auf, weil ich solche Angst habe.

Wenn ich wach bin und Angst habe, singe ich, das hilft immer. Dann habe ich alles im Griff, außerdem singe ich wirklich gut. Sogar meine Eltern mussten zugeben, dass ich Talent habe! Meine Stimme klingt rauchig und verführerisch, so als wäre ich eine erfahrene Sexbombe und Kettenraucherin. Ich hätte schon längst bei einer von diesen *Be-a-star*-Aktionen mitgemacht, wenn ich nicht genau wüsste, wie lächerlich eine Riesenbohnenstange wie ich neben diesen Silicon-Valley-Modellen wirkt. Da nützen auch meine schwarzen Haare nichts, die mir bis zum Po gehen. Denn ich bin nicht nur elend lang und dünn, nein, was noch viel schlimmer ist, ich kann einfach nicht tanzen. Ich hab's versucht. Wirklich versucht. Aber ich kapiere einfach nicht, wie man locker mit den Hüften wackeln und dabei vor- und zurückgehen kann, während die Arme andersherum in der Luft wedeln und der Kopf auch noch zackig von rechts nach links fliegt. Mir wird schwindelig, ich vergesse den Liedtext und sehe original aus wie ein abgestürzter Storch. Krankenschwestern müssen zum Glück nicht tanzen ...

Wenn ich nur schon wüsste, was hinter diesen Aufzugtüren liegt. Ich komme mir vor wie Ali Baba, nachdem er *Sesam, öffne dich!* gesagt hat. Aufgeregt. Nervös. Aber ich bin keine Figur aus Tausendundeinernacht, sondern Lilly Podeschwa aus 1096 Nächten. So lange dauert nämlich meine Schwesternausbildung. Und so viele Nächte werde ich wohl auch mindestens in diesem Wohnheim zubringen.

Oder in diesem Aufzug, wenn die blöden Türen nicht endlich aufgehen. Ich beuge mich zu den Bedienungsknöpfen hinunter und drücke wahllos ein paar mit unverständlichen Symbolen. Durch den Aufzug geht ein Ruck, dann schieben sich die Türen endlich langsam auseinander.

Ich bin da!

Nur ein kleiner Schritt für meine Füße, aber ein großer für mich.

So sieht also mein neuer Lebensplanet aus! Ich trete in einen dunkelgrauen Gang mit Nadelfilzboden, in einen Schlauch aus würstchenbeigen Wänden und hellgrauen Türen.

Gleich neben dem Aufzug ist mein Zimmer mit der Nummer 333.

Als ich den Schlüssel ins Schloss stecken will, wird die Tür schon von innen aufgerissen. Dabei habe ich doch gar nicht *Sesam, öffne dich!* gesagt.

Vor mir steht ein Mädchen, das mit seinem blonden Wuschelkopf im ersten Moment so strahlend wirkt, als hätte es ein Stückchen Sonne verschluckt. Ich muss blinzeln, geblendet von dem Licht nach der grauen Dunkelheit im Flur.

„Du bist ja ... ähh ... riesengroß!", sagt es deutlich überrumpelt und schaut mich von unten nach oben an, als wäre ich die missgestaltete Zwillingsschwester von King Kong.

Pech, dass der Wuschelkopf nicht „Hallo!" gesagt hat wie ein normaler Mensch. Ich mag es nicht, wie eine Riesin behandelt zu werden, nur weil ich 1,79 m groß und dünn bin! Wohlgemerkt 1,79 und nicht 1,80.

Das Mädchen lächelt. Ich glaube, es merkt, dass es etwas Falsches gesagt hat, aber das ist mir jetzt egal.

„Hi Gnom-Weibchen!", gebe ich absichtlich gemein zurück und bin gespannt auf die Reaktion.

„Das Weibchen heißt Mascha!", sagt sie und lächelt immer noch.

Nimmt sie vielleicht Beruhigungsmittel. Oder hat sie einfach nicht kapiert, was ich gesagt habe? Leider provoziert mich dieses Lächeln erst recht.

„Ist mir egal, wie du heißt. Was hast du eigentlich in meinem Zimmer zu suchen?", frage ich und gebe mir alle Mühe, meinen Koffer demonstrativ Besitz ergreifend auf das Bett zu hieven. Aber dummerweise schaffe ich das nicht ganz, denn der Koffer ist wirklich sehr schwer. Er rutscht ab und landet auf meinem Fuß. „Ah!", entfährt es mir, und statt des Koffers plumpse *ich* aufs Bett.

Maschas Lachen verschwindet sofort. „Oh, das sah nicht gut aus! Soll ich nachschauen, ob du dir etwas geprellt hast?", fragt sie besorgt und beugt sich eifrig über meine Schnürsenkel.

Ich ziehe gerade noch rechtzeitig meinen Fuß weg. „Geht schon!", brumme ich und komme mir in diesem

Zimmer so falsch und überflüssig vor wie eine Weihnachtsdekoration an Ostern.

Mascha zeigt auf das geöffnete Fenster. „Ich habe auf dem Zimmerplan in der Küche deinen Namen gelesen und gesehen, dass du heute einziehst. Ich bin schon seit gestern hier und dachte, es würde dich freuen, wenn ich ein bisschen lüfte. Die Zimmer stinken ziemlich muffig, wenn lange keiner drin war ..." Jetzt lächelt sie nicht mehr, sondern grinst mich an. „Manchmal färbt das auch auf die Bewohner ab."

Ich werfe einen Blick auf mein Zimmer. *Zimmer?* Wohl eher eine Zelle! Bis auf das Bett sehen die Möbel aus wie Armeerestbestände: ein verkratzter Holzstuhl, ein Schrank, der offensichtlich kein funktionsfähiges Schloss mehr hat, und vor dem Fenster steht ein Schreibtisch mit einer voll gekritzelten grünen Linoleumoberfläche.

„Komm, lass uns in der Küche etwas trinken", schlägt Mascha vor. „Und wenn du willst, kann ich dir später gern dabei helfen, die Möbel in den Keller zu tragen. Ich weiß, wo man dort unten noch ein bisschen Platz findet."

Ich habe keine Ahnung, warum, aber ich will nicht. Ich möchte erst mal alleine ankommen und dann selbst überlegen, was ich mache. Ich bin schließlich nicht zu Hause ausgezogen, damit gleich wieder andere bestimmen, was Lilly zu tun oder zu lassen hat. „Wieso das denn?", protestiere ich also und ziehe leicht genervt eine Augenbraue hoch. „Die Möbel sind doch super. Warum sollte ich etwas davon in den Keller räumen?" Endlich hat mein blasierter Tonfall den richtigen Effekt.

Mascha gibt auf. Sie zuckt mit den Schultern. „Wie du willst! Iiilaaisah-Lolita“, sagt sie, zerdehnt meinen Namen zu einem klebrigen Wortbrei und verschwindet aus meinem Zimmer.

Ich atme tief aus. Habe überhaupt nicht gemerkt, dass ich die Luft angehalten habe.

Da geht die Tür noch einmal auf, und Mascha steckt ihren Wuschelkopf herein. „Falls du wissen willst, wie ich in dein Zimmer gekommen bin: Die Schlüssel passen eigentlich in jede Tür. Deshalb haben sich ein paar der Schwesternschülerinnen auch Sicherheitsschlösser eingebaut. – Ich bin in der Küche, falls du etwas brauchst.“

Ich brauche nichts. Oder doch? Vielleicht einen Tritt in den Allerwertesten. Wieso war ich so unfreundlich zu Mascha? Sie hat nur versucht, nett zu mir zu sein. Seit wann benehme ich mich so eklig? So etwas Schlimmes hat sie doch gar nicht zu mir gesagt. Schließlich bin ich wirklich groß. Na ja, vielleicht war es einfach die Überraschung, jemanden in meinem Zimmer vorzufinden. Oder bin ich neidisch, weil sie so hübsch und winzig ist, sich schon bestens auszukennen scheint und dann auch noch Recht hat?

Denn diese Möbel muffeln wirklich vor sich hin und verströmen eine so trostlose Aura, als stammten sie aus dem Zimmer eines erfolgreichen Selbstmörders.

Mein isländischer Mailfreund Halldór würde sagen: „Lilly, rede dir nicht so einen Schwachsinn ein! Möbel haben überhaupt keine Aura!“

Halldór reagiert sehr empfindlich auf das Thema Übersinnliches, weil seine Mutter in Island eine Art Elfenguru ist. Ich finde es an manchen Tagen eine schöne Vorstellung, dass es vielleicht wirklich Elfen gibt, auch wenn ich noch nie eine gesehen habe. An den anderen Tagen finde ich Elfen völligen Quatsch! Und heute ist ein „anderer Tag". Außerdem hausen in diesen Möbeln höchstens noch die Überreste von ein paar vertrockneten Vampiren.

Ich setze mich probehalber an den Schreibtisch und suche den Telefon- und Internetanschluss. Wie schrecklich, wenn ich Halldór keine Mails mehr schicken könnte! Ich muss grinsen. Wenn die von der Waldorfschule wüssten, wie sehr der Mailfreund, den sie mir vermittelt haben, mich bei meiner Berufswahl unterstützt hat – und dabei, mit der Schule aufzuhören ... Seine weisen isländischen Antworten haben mich während der endlosen Krankenschwestern-Diskussionen mit meinen Eltern vor dem völligen Wahnsinn gerettet. Allein schon, wie sie reagiert haben, als ich ihnen zum ersten Mal angedeutet habe, welcher Beruf mir vorschwebt.

„Krankenschwester!", hat Mama entsetzt aufgestöhnt, und Papa wurde aschfahl im Gesicht. So als hätte ich ihnen eröffnet, mein Traumjob wäre Callgirl oder ich sei schwanger. Wer weiß, vielleicht hätte sie das sogar weniger geschockt als das magische Wort *Krankenschwester*. Denn Mama ist Hals-Nasen-Ohrenärztin und Papa Orthopäde. Für mich hatten sich die beiden entweder eine Topkarriere als Kreativ-Direktorin einer Werbeagentur oder wenigstens einen Doktortitel vorgestellt.

Aber wieso sollte ich mir das antun? Es war schon schwer genug, auf der Waldorfschule den Realschulabschluss zu schaffen. Ich habe die Nase voll davon, immer nur Sachen zu lernen, die mich nicht die Bohne interessieren. Und das auch noch jahrelang! Ich möchte mit Menschen zusammen sein, nicht mit Büchern. Ich möchte Menschen helfen. Aber in den Arztaugen meiner Eltern sind Krankenschwestern bloß frustrierte Frauen, die viel lieber Ärztin geworden wären. Doch das hat mich nur noch mehr darin bestärkt, dass Krankenschwester genau das Richtige für mich ist. Und als sie gemerkt haben, wie ernst es mir ist, haben sie mich gehen lassen ...

Also, was mache ich denn jetzt? Erst mal auspacken? Und was soll mit den Möbeln passieren? Papa wäre bestimmt überglücklich, wenn ich ihn bitten würde, mir ein paar Möbel aus meinem alten Zimmer herzubringen. Schließlich glaubt er, dass Frankfurt nur ein anderes Wort für Sodom und Gomorrha ist und mich ins Verderben stürzen wird. Er wartet nur darauf, wie Superman persönlich herzufliegen, um seine Tochter zu retten.

Mich würde jetzt erst mal ein Kaffee retten, beim Kaffeetrinken kann ich immer gut nachdenken.

Ich trete auf den Gang. Vorhin kam er mir endlos vor, wie einer von diesen trostlosen Hotelfluren, die in Horrorfilmen immer eine wichtige Rolle spielen. In Wirklichkeit gehen nach meinem Zimmer nur noch sieben Türen ab, drei auf der linken und drei auf der rechten Seite. Am Ende des Gangs stoße ich geradeaus auf die letzte Tür. Dahinter höre ich Stimmen. Aha, da ist also die Küche.

Wow! Was für ein Unterschied zu der Klosterzelle, in der ich und wahrscheinlich auch alle anderen hausen!

Links verläuft eine große Fensterfront, von der aus man sogar den Main sehen kann. Rechts steht eine weiße Küchenzeile, die blitzblank ist und wie neu aussieht. Die Wände sind blau gestrichen, wodurch man sich ein bisschen wie in einem Aquarium vorkommt.

Vor dem Fenster sitzt auf einem roten Sofa Mascha zusammen mit zwei Typen an einem langen Tisch. Sie trinken Kaffee und lachen gerade aus vollem Halse.

Als ich hereinkomme, verstummen sie schlagartig und starren mich an.

Mascha lächelt mir zu, als wären wir beste Freundinnen. Und diesmal lächle ich reflexartig zurück. Wenigstens *ein* vertrautes Gesicht.

„Torsten hat gerade einen Witz erzählt", sagt sie und deutet auf den älteren der beiden.

„Schade, dass ich den verpasst habe, er scheint ja ziemlich gut gewesen zu sein!", meine ich.

„Du, das ist kein Problem, ich habe noch mehr auf Lager!", grinst Torsten und setzt sich in Positur. Die anderen stöhnen zwar, aber mir ist klar, dass sie nicht wirklich genervt sind.

„Also", fängt Torsten an, „sagt die eine blonde Krankenschwester zur anderen: ‚Du, gestern hab ich den Schwangerschaftstest gemacht.' Antwortet die andere: ‚Und, waren die Fragen sehr schwer?'"

Ein paar vereinzelte Lacher schwirren durch die Küche. Ich bin viel zu aufgeregt, um richtig zuzuhören oder auch nur zu grinsen.

„Der hat ja soon Bart!", stellt der jüngere Typ fest. Als er mit seiner Hand pantomimisch einen Bart andeutet, wölbt sich sein Bizeps gewaltig empor.

Torsten zuckt gelassen mit den Schultern. „Kommt aber immer wieder gut!"

„Apropos gut", unterbricht ihn Mascha, „wir sind jetzt komplett auf unserem Flur. Das hier ist Eliza-Lolita. Sie ist gerade in 333 eingezogen. Ihr müsst sie ein bisschen aufheitern, ihr seht ja, sie ist ziemlich mieser Stimmung. Vielleicht hat sie Heimweh!"

Ich hätte doch besser schallend gelacht. Ich und Heimweh! So ein Quatsch! Ohne groß nachzudenken, gehe ich zu Mascha und lege meine Hand auf ihre Stirn.

Mascha bleibt regungslos sitzen und sieht mich wie die anderen überrascht an. Sie zuckt nicht mal zurück. „Was ist denn?", fragt sie.

„Ich wollte nur mal fühlen, wie hoch das Fieber ist oder ob demnächst auch noch so'n kleines Vögelchen herauskommt und *Kuckuck* ruft! Heimweh? Schwachsinn! Und außerdem heiße ich Lilly!"

Leider findet meine komische Einlage keinen besonderen Anklang.

Der Einzige, der ein bisschen lächelt, ist der Bizeps-Typ. Er hat blonde strubbelige Haare und nicht besonders große, aber besonders blaue Augen. „Schade", sagt er. „Dabei ist Lolita ein schöner Name. Hatte die Lolita im Film nicht auch so tolle Beine wie du?" Dabei schaut er bewundernd an mir herunter. „Ich bin übrigens Jonas."

Sein Blick wirkt wie Öl in einem verklemmten Türschloss. Nicht, dass ich irgendwie verklemmt wäre, doch habe ich den Eindruck, dass es endlich anfängt, hier besser zu laufen.

„Ich finde, Lolita ist ein Horrorname", erkläre ich ihm. Dann wende ich mich an alle. „Nennt mich deshalb bitte Lilly, okay?"

Ich setze mich lässig auf den Tisch und schlage die Beine übereinander. Es gefällt mir, wenn Jungen meine Beine bemerken. Die zeige ich auch sehr gerne, weil das von dem mickrig dünnen Rest ablenkt. Und damit man ordentlich was sieht, trage ich am liebsten extrem kurze Miniröcke, die – so behauptet jedenfalls mein Vater – verantwortlich für jede Menge Herzinfarkte sein müssen.

Mascha hat mir das mit dem Vogel nicht übel genommen und schlägt vor, dass wir etwas über uns erzählen sollen, zum Kennenlernen. Der jüngere Typ zieht die Stirn in Falten, aber der andere legt schon los.

„Okay, dann fange ich mal an. Ich bin Torsten und garantiert der Älteste hier", sagt der, der den Witz erzählt hat. Beim Sprechen rutscht seine Brille vor auf die Nasenspitze, und er schiebt sie mit einer Hand immer wieder zurück auf die breite Nasenwurzel. „Das liegt daran, dass ich eigentlich schon einen Beruf habe. Ich bin – oder war – Versicherungsvertreter."

„Was? Versicherungsvertreter? Ist ja widerlich!", stellt der Jüngere fest. „Die drehen einem immer Versicherungen an, die man nicht braucht, und kassieren fette Provisionen!"

„Ganz genau so ist es!", sagt Torsten bissig, „Und alle Versicherungsvertreter fahren Porsche und haben eine Villa auf Mallorca!"

Schnell schaltet sich Mascha ein. „Und wie bist du von den Provisionen zu den Pisspötten gekommen?"

Wir grinsen.

Torsten wird ernst. „Das erzähle ich euch ein anderes Mal. Aber Jonas lechzt bestimmt danach, uns mit seiner Lebensgeschichte zu erheitern."

„Nöö!", schmollt Mr Bizeps alias Jonas.

Schade, ich hätte gerne gewusst, wo er herkommt und ob er eine Freundin hat.

„Dann mache ich weiter", schlägt Mascha vor.

Ich nutze die Gelegenheit, sie endlich richtig eingehend zu betrachten. Ihre olivgrüne Cargohose ist weit, aber nicht weit genug, um davon abzulenken, wie drall sie eigentlich ist. Dazu trägt sie über einem engen T-Shirt eine Art Mieder, das ihren vollen Busen ziemlich stark betont. Während sie spricht, bewegt sie die ganze Zeit den Anhänger einer goldenen Kette hin und her. Manchmal nimmt sie ihn auch in den Mund. Ich glaube, es ist ein Kreuz. Ziemlich kitschig. Na ja, und dazu diese blonden Löckchen. Sie sieht aus wie ein speckiger Engelalbtraum.

„Okay", fängt sie an und verwuschelt mit der freien Hand ihre Haare, „ja, also ich bin Mascha ... und ähh solo ... und ich möchte Krankenschwester werden!"

„Das ist ja ein Ding! Deshalb bist du hier? Na, da wäre bestimmt keiner draufgekommen!", fällt Jonas ein. Ich kann mir ein Grinsen nicht verkneifen.

„Okay, das war natürlich blöd, schließlich wollen wir alle Krankenschwestern werden", gibt Mascha großzügig zu.

Torsten macht eine gezierte Handbewegung und sagt mit süßlicher Stimme zu Jonas: „Stimmt, vor allem Jonas und ich wollen gern Schwestern werden!"

Ich sehe Jonas an, dass er das nicht besonders komisch findet.

Mascha geht gar nicht darauf ein, sondern überlegt weiter. „Ja, was kann ich euch noch sagen? Ich habe vier Brüder und laufe gern Schlittschuh und kann nicht kochen. Jetzt du, Lilly.“ Sie sieht mich erwartungsvoll an.

Ich sage gar nichts. In meinem Gehirn ist es plötzlich dunkel und leer.

Doch zum Glück plappert Mascha schon weiter. „Ach ja, Lilly, das weißt du ja noch nicht: Auf unserem Flur wohnen noch zwei andere Mädchen – Rügül und Eva. Und soll ich euch verraten, was Eva mir gestern erzählt hat?“ Mascha macht eine Kunstpause, und ich merke verärgert, wie die beiden Jungen sich interessiert zu ihr nach vorn beugen. „Sie ist hier, weil sie den Mann fürs Leben kennen lernen will“, sagt sie mit gesenkter Stimme. „Am besten einen Arzt. Ist das nicht total schwachsinnig?“

Da sind Mascha und ich ausnahmsweise mal einer Meinung. Diese Eva hat ja wohl was an der Birne. Das weiß doch jeder, dass Liebe im Krankenhaus nur in Arztromanen klappt. Außerdem muss man eben warten, bis man den Richtigen trifft. So etwas kann man doch nicht erzwingen, oder? Ich jedenfalls nicht. Nach meinem Erlebnis mit Robert will ich auch gar keinen Freund mehr. Höchstens noch einen Mailfreund wie Halldór, der in sicherer Entfernung tausende von Kilometern weit weg hockt. Einen, der mir nicht wehtun kann. Aber das schafft sowieso keiner mehr. Ich habe mein Herz in einem Garten aus Stacheldraht versenkt.

Und da soll es auch bleiben. Natürlich nur mein Herz. Küssen kann auch ohne Herz Spaß machen – glaube ich wenigstens. Und Jonas sieht gar nicht übel aus. Und er kann Komplimente machen …

Nach diesem Auftritt wendet sich Mascha wieder zu mir. „Lilly, jetzt musst du uns etwas erzählen."

Alle Augen ruhen auf mir. Noch bevor sich wieder dieses Nichts in meinem Gehirn ausbreiten kann, platze ich heraus: „Ich komme aus dem Odenwald und singe gern." Doch bereits im nächsten Moment bereue ich meine Voreiligkeit, denn natürlich wollen sie jetzt, dass ich ihnen etwas vorsinge. Das sehe ich an ihren Blicken.

Und da kommt es auch schon. Jonas grinst mich an und fragt: „Was ist denn deine Spezialität? Volksmusik? Heimatmelodien aus dem Odenwald?"

Mascha und Torsten scheinen das ziemlich witzig zu finden.

Mist, aus der Nummer komme ich nicht mehr raus. Da bleibt nur noch eins: Ihnen wirklich etwas vorsingen. Und warum auch nicht, denke ich mir, schließlich bin ich wirklich gut. Ich räuspere mich. „Okay, aber nur, wenn ihr mitmacht." Und dann singe ich einen alten Abba-Song.

Jonas nimmt zwei Teelöffel und trommelt im Rhythmus dazu auf den Holztisch, und Mascha klatscht im Takt.

Torsten scheint das mit dem Mitmachen falsch zu verstehen, stellt sich vor mich und fordert mich ganz altmodisch zum Tanzen auf. Wieso hat er denn nicht Mascha gefragt? Die könnte den Kopf in den Nacken legen und ihm bewundernd in die Augen schauen.

Aber er steht vor *mir*, der Witzbold! Die anderen beiden sehen uns an und warten, was passiert. Ob das eine Art Eingangstest ist, den sie sich für mich ausgedacht haben?

Wenn ich jetzt ablehne, bin ich für alle Zeiten als spielverderberische Zicke abgestempelt. Torsten hat sich mittlerweile vor mir auf die Knie geworfen. Oh Mann, das wird ja immer schlimmer! Aber was bleibt mir anderes übrig? – Okay, er hat sein Schicksal selbst herausgefordert.

Torsten legt seinen Arm um meine Taille, dann presst er mich an sich. Sein Mund könnte problemlos meinen Nabel küssen, und ich muss mich sehr gerade halten, damit mein Kinn nicht auf seinem schon etwas dünnen Haar landet. Kurzum, ich bin sicher, wir sehen aus wie zwei Vollidioten. Aber ihn scheint das nicht zu stören, auch nicht, dass ich andauernd auf seine Füße trete. Dabei trage ich schwere Boots zum Mini! Er schiebt und dreht uns beide herum, bis mir schwindlig wird.

Ich bin sicher, er ist ein wunderbarer Tänzer, aber ich habe keine Ahnung, wohin er will oder was ich tun soll.

Da, er lässt meine Hand mitten in einer Drehung los, und jetzt? Was soll ich machen? Spinnt der Mann? Ist er Sadist?

Ich stolpere gegen einen Stuhl, der mit lautem Gepolter umfällt, und ich stürze gleich hinterher. Mein Rock rutscht dabei so hoch, dass man meine Unterhose sehen kann, und meine Strümpfe kriegen eine Laufmasche.

Ich traue mich nicht aufzuschauen, denn alle gackern aus vollem Halse. Mascha sagt unterbrochen von erstickten Lachen: „Oh, Lilly, du bist unglaublich! Zuerst hast du so herrlich falsch gesungen, und dann noch diese Tanzeinlage, wirklich abartig witzig!“

Torsten hält mir die Hand hin. „Hast du dir wehgetan?“, fragt er und zieht mich hoch.

Ja, ich bin schließlich mit dem Hintern auf die Stuhlkante gefallen, würde ich am liebsten schreien, aber wenn ich das laut sage, dann findet Mascha es sicher wieder nur saukomisch. Also schüttle ich den Kopf und gebe die Tapfere. „Alles okay!“, behaupte ich und versuche zu grinsen.

Und dann humpele ich zurück in mein Zimmer. „Muss mir was anderes anziehen“, sage ich noch und deute auf die Laufmasche.

In meinem Zimmer lasse ich mich aufs Bett fallen und starre an die Decke. Da hat jemand vergessen, ein Poster abzuhängen. Irgendeine Boygroup.

Ich atme tief durch und stelle mir vor, wie Torsten und ich ausgesehen haben. War wahrscheinlich wirklich ziemlich komisch.

Es klopft an der Tür. Wer kann das sein? Jonas? Das würde mir gefallen. Er käme rein und würde meine Beine anschmachten, und dann …

„Ja! Immer herein“, rufe ich und lege mich trotz der Schmerzen gestreckt auf die linke Seite, damit es so aussieht, als hätte ich eine kurvige Figur.

Eine weibliche Stimme gibt ein dünnes „Hallo“ von sich.

Schade, es ist bloß Mascha. Ich lege mich wieder bequem hin, sodass meine linke Pobacke nicht mehr wehtut.

„Ähh“, fängt sie an, „ich wollte dir bloß sagen ... es tut mir Leid, dass ich so gelacht habe, als du hingefallen bist, das war nicht sehr nett von mir, okay?“

„Stimmt, das war nicht nett“, schütte ich ein bisschen Öl ins Feuer, „und außerdem hat noch nie jemand behauptet, dass ich falsch singe!“

„Oh“, sagt Mascha, „das hab ich nicht gewusst, entschuldige.“

Ich bin verwirrt. Was meint sie denn jetzt? „Wie, *was* hast du nicht gewusst?“, hake ich nach.

„Na, dass du bei Gehörlosen groß geworden bist!“ Sie grinst.

„Hexe!“, sage ich und wünsche mir dringend, ich wäre eine. Was ich dann mit diesem Engelsspeckmonster alles anstellen könnte ...

Mascha wird rot. Sonnenuntergang für Blondlöckchen. „War doch nur ein Witz!“, murmelt sie.

„Ehrlich, seit ich hier aus dem Aufzug gestiegen bin, hab ich so viele Witze aufgeschnappt, dass ich direkt an Witzblähung leide. Könnte sein, dass ich gleich Blondinenwitze pupse!“

„Was regst du dich so auf?“ Mascha stemmt ihre Hände in die Hüften. „Du willst doch Krankenschwester werden und nicht Musikstar, oder?“ Sie geht zur Tür. Dort dreht sie sich noch einmal zu mir um und sieht mich ernst an. „Obwohl, wer weiß, vielleicht hättest du als jodelnde Krankenschwester echte Chancen!“

Ihr Glück, dass mein tödlicher Blick nur noch die Tür trifft.

Aber je länger ich darüber nachdenke, desto mehr bringt mich der Gedanke, wie ich mit weißem Schwesternhäubchen laut jodelnd einen Patienten in den OP schiebe, doch zum Kichern.

Durch das Lachen sieht alles plötzlich nicht mehr ganz so schwarz aus. Es hätte ja viel schlimmer kommen können. Was, wenn sie mich einfach ignoriert hätten? So gesehen habe ich es hier doch viel besser getroffen als Ali Baba mit seiner Höhle. Was war da schon Großartiges drin, als er die magischen Worte gesprochen und der Sesam sich geöffnet hatte? Okay: Juwelen, Gold, Silber ...

Und was habe ich hinter den Aufzugtüren gefunden? Eine trostlose Klosterzelle, einen Haufen verrückter Mitbewohner, und als Extrageschenk hab ich noch einen riesigen blauen Fleck am Po gekriegt ... Für meinen ersten Tag eine gute Ausbeute und allemal spannender als ein Berg öder Goldstücke, oder?

Eiszeit

Es klingelt. Schulschluss! Wurde aber auch Zeit!, denke ich. Dabei ist heute erst der dritte Schultag meines Krankenschwestern-Daseins, und es liegen noch unendlich viele vor mir.

„Kommt ihr mit, ein Eis essen?“, fragt Torsten Mascha, Jonas und mich auf dem Weg zum Ausgang.

Eigentlich ist mir nicht nach Eis, denn in der Schule wird noch nicht geheizt, und ich fühle mich schon selbst wie ein Eiszapfen.

Auf der anderen Seite möchte ich die anderen aber auch besser kennen lernen. Also sage ich viel enthusiastischer, als ich in Wahrheit bin: „Ja klar, Superidee!“

„Ist auch nicht weit“, erklärt Torsten. „Das Eis-Cortina ist gleich um die Ecke auf dem Weg zur S-Bahn-Station. Die sollen wirklich gutes Eis machen.“

„Gibt’s da auch was ohne Zucker?“, will Jonas wissen.

Torsten überlegt. „Hmm, ich glaube, sie haben Milchdrinks, nur aus Milch und püriertem Obst.“

„Gut, dann bin ich dabei. Aber nur kurz, ich muss später ins Fitnessstudio.“

Mascha verdreht die Augen und zwinkert mir zu. Jonas ist ein Sport- und Ernährungsfanatiker und hat es doch tatsächlich geschafft, dass wir alle schon nach wenigen Tagen genervt sind von seinen Pilzzüchtungen und Keimlingen in unserem Kühlschrank, die er hütet wie einen Schatz. Dabei würden wir das Zeug nicht für viel Geld anrühren.

„Wäre doch schön, wenn Eva und Rügül mitkämen, die wohnen ja schließlich auch auf unserem Flur", sagt Mascha und zeigt auf die beiden dunkelhaarigen Mädchen, die kurz vor uns die Treppe hinunterlaufen.

Torsten knöpft seinen Trenchcoat zu. „Die hab ich schon gefragt, sie wollen lieber bummeln gehen."

„Dann eben nicht!", meint Mascha und wickelt sich einen dicken, selbst gestrickten bunten Schal um, als wir in den kalten Herbstwind hinaustreten.

Ich vergrabe die Hände in den Manteltaschen und ziehe automatisch meine Schultern gegen die Kälte hoch.

„Schön, die alten Jugendstilhäuser, die hier noch stehen, oder?", fragt Mascha an mich gewandt, während wir eine viel befahrene Straße mit alten Backsteinvillen und großen Bäumen rechts und links entlanggehen.

Leider weiß ich nicht, was Jugendstil genau ist. Deshalb ärgert mich ihre Frage, obwohl sie bestimmt freundlich gemeint war. „Hmm …", mache ich also, als würde mich das gar nicht interessieren. „Ja nett – aber wie es hier nach Abgasen stinkt!"

„Da vorne ist das Eis-Cortina schon", sagt Torsten und deutet auf ein paar Sonnenschirme, die im Wind flattern – als ob sich da jetzt noch jemand raussetzen würde …

Auch innen sind wir die einzigen Gäste und dürfen zwei kleine Tische zusammenstellen, um mehr Platz zu haben.

Weil keiner so richtig weiß, worüber wir reden sollen,

vertiefen wir uns intensiv in die Eiskarte. Nachdem wir bestellt haben, jammern wir erst mal eine Runde über die Schule und Schwester Agnes, die Direktorin, mit der allem Anschein nach nicht gut Kirschen essen ist. Mich erinnert sie stark an einen großen düsteren Raben, wie sie in ihrer schwarzen Diakonissentracht vorne steht und auf uns einhackt. Wirklich ganz anders als in meiner alten Schule.

Der Kellner bringt unsere Bestellung. Jonas schaut angewidert auf eine Amarenakirsche, die als Dekoration auf seinem Milchdrink steckt.

„Die kannst du mir rüberschmeißen, ich liebe Amarenakirschen!", sage ich zu ihm.

„Gern", antwortet Jonas. Dann blitzen seine Augen mich schalkhaft an. „Aber du musst sie mit dem Mund fangen."

Und bevor ich noch protestieren kann, wirft er die Kirsche wirklich in die Luft. Ich reiße den Mund auf, erwische sie aber natürlich nicht. Stattdessen landet das klebrige Ding in meinem Ausschnitt. Und auf einmal sind alle wieder bester Laune und lachen aus voller Kehle. Mascha am lautesten. „Lilly", brüllt sie, „du bist einfach saukomisch!"

Zum Glück habe ich einen dunklen Pulli an, das gibt keine Flecken. Aber wie kriege ich die Kirsche jetzt wieder raus? Ich denke nicht lange nach und greife in den Ausschnitt zwischen meine Brüste. Da passiert es.

Mit dem Ellbogen reiße ich Maschas Eisbecher um, und alles ergießt sich auf ihre hellbeige Hose. Coupe Danmark – heiße Schokoladensoße auf Vanilleeis. Na, bravo! Das habe ich wirklich toll hingekriegt.

Mascha quiekt erschrocken auf, und Jonas ist plötzlich ungemein hilfsbereit und rubbelt eifrig mit seiner Serviette an ihrer Hose.

„Schaut euch das an!“, schimpft Mascha. „Lilly, du bist so ein ... ein ... ach, ich weiß auch nicht, was. Ich gehe nach Hause, so kann ich doch nicht sitzen bleiben!“

„Mascha, es tut mir Leid, das wollte ich nicht. Ehrlich!“, sage ich und unterdrücke nur mühsam ein Kichern, weil Mascha mit den braunen Flecken zwischen den Oberschenkeln wirklich sehr merkwürdig aussieht. Außerdem hat sie gerade auch noch schallend gelacht, als mir die Kirsche in den Ausschnitt gefallen ist.

Jonas leert seinen Milchdrink in einem Zug. „Ich komme mit. Ich habe gleich Training. Und so kann ich dich sowieso nicht alleine auf die Straße lassen.“

Mascha lächelt ihn dankbar an und gibt Torsten Geld, damit er für sie mitbezahlt. Danach rauscht sie mit Jonas davon, und ich fühle mich mies. Nicht nur, weil ich ihre Hose versaut habe, sondern weil ich es ein winziges bisschen genossen habe. Und außerdem ist Jonas jetzt auch weg. Schade.

Torsten schaut mich freundlich an. „Pech. Manchmal hat man eben Pech.“

„Es war wirklich keine Absicht!“, stelle ich noch einmal klar. Auch vor mir selbst.

„Ich weiß. Aber deswegen müssen wir ja unser Eis nicht schmelzen lassen!“, meint er.

„Stimmt!“ Ich mache mich über meinen Fruchtbecher her und bin plötzlich ein wenig verlegen. Schließlich gehe ich nicht jeden Tag mit Männern Eis essen, die doppelt so alt sind wie ich. Ich überlege, worüber ich nun mit ihm sprechen soll, so ganz alleine. Die Schule? Abgelehnt: langweilig. Da fällt mir ein, dass Torsten am ersten Tag in der Wohnheimsküche gesagt hat, er würde uns ein andermal erzählen, warum er so spät nochmal den Beruf wechselt.

„Wieso hast du eigentlich als Versicherungsvertreter aufgehört?“, frage ich also.

„Das ist eine lange Geschichte“, seufzt Torsten.

Ich schaue ihn an und warte, dass er weiterredet. War das jetzt zu neugierig von mir?

Torsten rührt in seinem Eisbecher. Dann gibt er sich einen Ruck. „Ich hatte ein ziemlich cooles Leben mit meinem Freund Stefan. Wir haben viel gearbeitet und auch sehr viel Geld verdient. Stefan war Architekt. Spezialisiert auf Dachausbauten ...“ Er zögert einen Moment lang. „Als bei Stefan Bauchspeicheldrüsenkrebs diagnostiziert wurde“, erzählt er weiter, „haben wir zuerst gedacht, er schafft es. Er war immer so fit, so lebendig, so stark! Aber er hat es nicht geschafft. Er ist einfach jeden Tag ein bisschen mehr gestorben. Dabei hatten wir noch so viel vor. Weißt du, was unser Traum war?“ Torsten schiebt seine Brille bis zur Nasenwurzel hoch und schaut mir in die Augen.

Mir ist ein bisschen mulmig. Ich bringe keinen Ton heraus.

„Wir wollten die Welt umsegeln, wenn wir genug Geld gescheffelt hätten, um nie mehr arbeiten zu müssen. Na ja, ziemlich banal eigentlich. Aber sind Träume nicht meistens ganz platt? Egal, daraus ist jedenfalls nichts geworden. Kurz nach der ersten Therapie sind wir noch einmal am Meer gewesen auf Mykonos. Doch da war Stefan schon so verzweifelt und ich auch ..."

Der Kellner fragt, ob wir noch etwas wünschen, und Torsten schüttelt den Kopf. Ich drehe den leeren Eisbecher hin und her. Komisch, dass Torsten trotzdem immer so viele Witze erzählt, kommt es mir in den Sinn. Vielleicht, damit wir nicht merken, wie traurig er ist?

Torsten räuspert sich. „Ich wollte nicht, dass Stefan in ein Krankenhaus kommt, ich wollte ihn pflegen. Und – so absurd es klingt – es hat mir sehr geholfen und sogar gefallen. Ich habe gemerkt, dass mir das viel mehr gibt, als Versicherungen zu verkaufen. Ich glaube, dass hier meine wahre Begabung liegt." Er hält inne und zwinkert mir zu. „Aber wenn du willst, drehe ich dir immer noch gern eine super Haftpflichtversicherung an!"

Erleichtert steige ich auf seinen kleinen Scherz ein. „Tja, wenn ich an Maschas Hose denke, dann könnte ich wohl dringend eine gebrauchen."

„Ach!" Torsten macht eine wegwerfende Handbewegung. „Die Flecken gehen bestimmt wieder raus. – Apropos Flecken, kennst du *den*?"

Er holt schon Luft, aber ich stöhne auf. „Oh nein, bitte keine Witze heute. Sag mir lieber, ob Schwester Agnes dir auch so Angst eingejagt hat, als sie gleich am allerersten Tag von den harten Prüfungen gesprochen hat, die uns bevorstehen? Und schon in drei Monaten!"

Als ich sehe, dass Torsten mehrmals nickt, atme ich auf. Ein Gespräch über die Schule kommt mir jetzt zwar seltsam vor, jedes Wort, das ich sage, klingt irgendwie falsch. Aber was sollen wir auch sonst tun, als wieder über etwas anderes reden?

„Ist doch echt ätzend", bricht es förmlich aus mir heraus, „dass Schwester Agnes die ganze Zeit nur auf dem Thema Noten herumreitet ... und uns bestimmt schon fünfmal erzählt hat", rattere ich weiter, „dass jeder nach dem Probehalbjahr fliegt, dessen Schnitt nicht mindestens bei Note vier liegt ..."

„Kann man so sagen", unterbricht Torsten meinen Redeschwall. „Ich dachte eigentlich, dass wir erst mal ein paar alberne Kennenlern-Spiele machen und nicht gleich voll in den Stoff einsteigen."

„Und all diese lateinischen Wörter", ergänze ich. „Wie soll man sich die jemals merken? Wie machst *du* das?"

Torsten zuckt mit den Schultern. „Lernen. Obwohl es mir sehr schwer fällt. Nicht nur, weil ich schon ein paar Jahre älter bin. Ich hatte auch nie Latein in der Schule und bin nicht besonders sprachbegabt."

„Aber so gelassen, wie du das sagst, scheint es dich nicht sehr zu beunruhigen?", hake ich nach.

„Nö, tut es auch nicht. Ich bin einfach sicher, dass ich Krankenpfleger werden soll. Das ist genau mein Weg, und deshalb werde ich es schon irgendwie schaffen."

Ich wünschte, ich hätte seine Zuversicht.

Torsten hat mir anscheinend angesehen, dass ich da so meine Zweifel habe, denn er nimmt meine Hand. Das fühlt sich tröstlich an.

„Hey, Lilly", flüstert er, „das schaffst du schon, wir sind doch hier, um zu lernen. Es wird ja nicht erwartet, dass man alles schon vorher weiß. Also, mach dir keine Sorgen."

Er legt meine Hand wieder behutsam auf den Tisch, winkt dem Kellner und bezahlt alles. „Was hältst du davon, wenn wir zusammen lernen. Und am besten gehen wir jetzt nach Hause und fangen gleich mit dem Unterschied zwischen LDL, VLDL und HDL an."

„Soweit wir sichere Aussagen über das Cholesterin machen können", versuche ich, Schwester Agnes' missbilligenden Tonfall nachzuahmen, „hat der Abstecher in die Eisdiele in jedem Fall dazu beigetragen, alle unsere Werte zu verschlechtern!"

Torsten grinst. „Na, dann weißt du ja schon mehr als ich!"

Und mit einem Mal fühle ich mich viel besser.

Lieber Halldór,

ein klares Nein auf deine letzte Frage! Ich finde es super, dass wir uns immer noch keine Bilder geschickt haben! Ich will auch keine von dir kriegen. Du bist mein isländischer Held. In meinem Kopf bist du mindestens ein Drachentöter oder so – wie der von dem Wölundlied, das du mir neulich gemailt hast. Wölund aus Wolfstal, wie war das noch? „Wölund zu wehren wusste ich nimmer; ihn zu bewältigen wusste ich nicht."

Bitte sei nicht böse, aber so finde ich das viel, viel aufregender. Stell dir doch vor, wie es dann sein wird, wenn wir uns eines Tages treffen ... Vielleicht bei dir am großen Gullfoss-Wasserfall oder bloß hier an der braunen Brühe, die im Main langschwimmt.

Deine andere Frage ist nicht so einfach zu beantworten. Wieso ich mich aufgeregt habe, dass Mascha in meinem Zimmer war? Ehrlich gesagt, keine Ahnung. Irgendwie wollte ich die Erste in diesem Zimmer sein, was eigentlich bescheuert ist, weil sowieso schon tausende von Mädels darin gehaust haben. Ich weiß. Aber dass sie behauptet hat, ich kann nicht singen, finde ich ziemlich banane von ihr. Ich sage ihr auch nicht unaufgefordert, dass sie ein paar Kilo weniger vertragen könnte.

Die beiden anderen Mädchen auf unserem Flur, Eva und Rügül, habe ich jetzt auch schon kurz kennen gelernt. Sie sind beide etwas älter als ich, und ich finde sie eigentlich ganz nett. Bin mir nur nicht so sicher, ob sie das auch über mich denken. Und dann habe ich mich natürlich ein wenig im Haus umgesehen. Mascha hatte Recht, als sie sagte, dass der Keller von Wohnheimmöbeln überquillt. Man kommt kaum in die Waschküche zu den Waschmaschinen durch ...

So, jetzt musst du mir meine Fragen beantworten:

Erstens: Wieso ziehst du denn nicht aus, wenn dich deine Mutter mit ihrem übersinnlichen Tick so nervt? Zweitens: Wieso gehst du nicht öfter aus und suchst dir eine neue Freundin? Du kannst nicht immer hinter dieser Ingibjörg herjammern! Ihr habt euch doch bloß ein paar Mal geküsst. Wieso können läppische Küsse dein Herz so klein machen? Irgendwie habe ich immer gedacht, Jungs wären anders. Oder ist es vielleicht nur dein verletzter Stolz? Oder hast du mir lieber nicht alles geschrieben, weil es dir peinlich war? Ich finde, das Gute an Mails ist, dass gar nichts peinlich ist.

Wenn ich dir damals nicht von Robert hätte erzählen können, dann wäre ich bestimmt irre geworden und würde heute als Kobold herumspuken. (Grüße an deine Mutter! ;-))

Trotzdem bin ich froh, dass in unserer Klasse – wir sind übrigens 30, und immerhin neun davon sind Jungs – keiner Robert heißt. Denn wenn jemand den Namen ausspricht, oder ich ihn auch nur irgendwo lese, dann ist es immer noch so, als würde mir ein glühender Speer in meinen Bauch gerammt. Zum Glück wird der Speer kleiner – eigentlich ist es jetzt nur noch ein Mikadostäbchen.

Andererseits würde ich manchmal gern wieder jemanden anfassen. Aber da ist noch niemand in Sicht. Außer Jonas vielleicht. Allerdings hat er einen Gesundheitsfimmel und trinkt so ekliges Zeugs zum Frühstück, das echt widerlich riecht. Kombucha-Pilz, nennt sich das. Ich weiß nicht mal, was das ist. Und frage mich, ob man das nicht Stunden später beim Küssen noch schmecken würde ... Apropos, was ist eigentlich dein Lieblingsessen? Irgendeine isländische Spezialität? Was isst du denn zum Frühstück? Getrockneten Fisch? ;-)

Jetzt muss ich Schluss machen, weil ich jede Menge Stoff zu lernen habe – und das schon in der ersten Schulwoche ... Ganz schön mühsam. Ich freue mich schon auf den Tag, an dem wir endlich auf Station dürfen.

Viele Küsschen und mach's gut, bis bald!
Deine Lilly

Only lonely

Endlich ist Wochenende! Die erste Schulwoche ist mir wie eine Ewigkeit vorgekommen. So viel Neues auf einmal. Angefangen von den Namen der Klassenmitglieder bis hin zu irgendwelchen Theorien über Pflege. Und nirgends wartet jemand auf dich, nimmt dich in den Arm, schiebt dir ein dickes Wurstbrot hin und sagt: „Alles wird gut, mein Schatz!"

Für jeden Mist ist man alleine zuständig – Waschmittel, Glühbirnen, Klopapier! Keiner da, der hinter mir herräumt oder sich um meine Unterhosen kümmert oder wenigstens sagt, dass ich mehr Obst essen soll.

Und jetzt bin ich auch noch ganz allein. Wo sind die anderen alle? Ich dachte, sie wären am Wochenende auch hier. Und ich dachte außerdem, das Wohnheimleben wäre so lustig wie die Mitternachtspartys in den Internatsserien, die ich früher verschlungen habe. Stattdessen tote Hose. Nada. Niente. Nichts. Stille.

Ich liege auf dem Bett in meinem immer noch sehr kahlen Zimmer und starre das Poster dieser dämlich grinsenden Boygroup über mir an. Ich habe es nur hängen lassen, weil ich zu faul war, die Reißnägel rauszuziehen. Immerhin bekomme ich so ein paar menschliche Wesen zu Gesicht und nicht nur die graue Decke. Wenn ich aus dem Fenster gucke, sehe ich nämlich auch nichts, nur Nebel.

Da fühlt man sich gleich doppelt einsam. Wie von außen eingesperrt. Und Hunger habe ich auch. Ich könnte mir ja etwas kochen – wofür hatte ich schließlich auf der Waldorfschule einen Kochkurs?

Ich wälze mich runter vom Bett, auf dem ich meistens ziemlich schlecht schlafe. Liegt bestimmt an der Matratze. Die ist steinhart und riecht merkwürdig. Ein bisschen so, als würde man den Kopf in einen Sack Trockenfutter für Katzen stecken.

In der Küche ist es genauso still und trostlos wie im Rest des Wohnheims. Schmutziges Geschirr stapelt sich in der Spüle, und die Spülmaschine blinkt. Das heißt, der Spülgang ist fertig. Ich könnte sie ausräumen, aber ich habe keine Lust.

Im Kühlschrank sind nur Jogurts von Eva und Rügül und Maschas Schokocreme. Tja, wird wohl nichts mit Kochen. Neben der Spüle gammelt der graubraune Kombucha-Pilz von Jonas in einem weißen Plastiktank vor sich hin. Ich versetzte dem Tank einen Stoß und höre die braune Brühe gluckern. Was, wenn dieses schlabberige Lebewesen über Nacht überdimensional groß wird und sich wie ein gigantischer Alien über das Wohnheim ausbreitet? Pilze sind doch Lebewesen, oder?

Aber eigentlich wirkt unser *Aquarium* – so nennen wir die Küche, weil sie so schwimmbadblau gestrichen ist – unglaublich verlassen und mit all dem Nebel vor den Fenstern fast ein wenig gespenstisch. Da gehe ich lieber wieder in mein Zimmer. Ich laufe über den düsteren Flur und höre in der Totenstille meine Schritte überdeutlich – fast schon wie Getrampel.

Bei Trampeln fallen mir meine Eltern ein, weil meine

Mutter früher immer gesagt hat: „Mach nicht so ein Getöse und Getrampel“, wenn ich mal ein bisschen laut war beim Spielen. Wäre ja ganz schön, eine menschliche Stimme zu hören. Sogar die von meinen Eltern.

Ich habe kaum die Nummer gewählt, ist Mama auch schon dran. „Eliza, wie schön, dass du anrufst. Wie geht es dir denn?“, ruft sie begeistert ins Telefon. Man könnte glauben, ich wäre schon seit Monaten verschollen und nicht erst eine gute Woche von zu Hause weg.

„Bestens“, lüge ich gekonnt und starre aus dem Fenster in die weiß-graue Wand aus Feuchtigkeit.

„Und wie läuft es in der Schule?“, fragt sie.

„Großartig! Genau das, was ich immer schon machen wollte. Wir müssen jetzt schon jede Menge lernen, aber es ist auch unheimlich interessant. Wirklich super!“, sage ich, und dabei steigt so etwas wie ein Schluchzen in meine Kehle. Das muss sofort unterdrückt werden. Was ist eigentlich mit mir los?

„Wie schön. Dein Vater möchte auch kurz mit dir sprechen. Pass auf dich auf, mein Schatz!“, sagt sie noch. Jetzt muss ich mich in den Arm zwicken, um mich zu beherrschen. Ich verstehe das nicht.

„Na, mein Engel, wie sieht es aus? Ist alles so, wie du es dir vorgestellt hast?“, fragt Papa mit besorgter Stimme.

Ich räuspere mich. „Ja. Es ist alles prima.“

„Brauchst du irgendwas? Geld? Oder sollen wir dich besuchen kommen?“, hakt er nach.

Ich bin wütend auf mich selbst, ich will nicht heulen. Es gibt keinen Grund dazu. Überhaupt keinen. Ich bin 17, also fast schon volljährig. Da kann es doch wohl nicht sein, dass ich weich wie Schokolade in der Sonne werde, nur weil Papas Stimme so vertraut und besorgt klingt.

Ich trete gegen das Bett, was mir einen Schwall Trockenfutterduft einbringt.

„Ist irgendwas?", fragt Papa. „Da hat es gerade so gescheppert."

„Nein, alles ist in Ordnung. Das muss meine Zimmernachbarin gewesen sein. Ich wollte mich bloß mal bei euch melden."

„Das war eine gute Idee. Was machst du heute noch Schönes?"

Ich atme tief durch. „Ich treffe mich mit einer Freundin und gehe später noch auf eine Party hier im Wohnheim!"

„Das freut mich, dass du schon neue Freunde gefunden hast. Na, dann mach's gut, und melde dich ab und zu mal. Mama und ich müssen jetzt los ins Konzert. – Bis bald!"

Ich schaffe es gerade noch, ein *Tschüss* rauszuwürgen, dann heule ich hemmungslos.

Eine Freundin! Ha! Wo soll die denn herkommen? Mascha findet mich komisch und macht ständig Witze auf meine Kosten. Eva hat nur Männer im Kopf, und für Rügül bin ich Luft. Leider. Denn ich finde sie sehr interessant. Obwohl sie ihre Haare immer zu kleinen Mäusezöpfchen zusammenflicht, erinnern ihr Gang und ihre Art mich an eine ägyptische Königin. So in der Art: „Der Nil, der Wind und die Sonne sind meine Untertanen!", und mir ist aufgefallen, dass sich alle ein bisschen anders benehmen, wenn Rügül in der Nähe ist. Eva kichert weniger, Mascha wird stumm, und Torsten erzählt keine Witze mehr. Und Rügül kocht auch wie eine Göttin: türkische Spezialitäten. Neulich hat sie etwas gemacht, das auf Deutsch so ähnlich heißt wie „der Imam fällt in Ohnmacht". War unglaublich lecker und mit viel Knoblauch – ich weiß das, weil ich so lange geguckt habe, bis sie mir was abgegeben hat.

Oh, wenn ich daran nur denke, knurrt mir wieder der Magen. Vielleicht hole ich mir eine Portion Pommes vorne am Kiosk. *Trinkhalle* nennt man das hier. Die meisten haben auch sonntags geöffnet. Da gibt es eigentlich fast alles, was der Mensch braucht. Genau. Ich esse keine Pommes, sondern eine Currywurst.

Ich schnäuze mich, ziehe meinen langen grauen Mantel an und gehe die Treppen nach unten. Den Aufzug nehme ich lieber nicht, solange ich ganz allein im Wohnheim bin. So wie der immer rumpelt, bleibt er bestimmt demnächst einfach stecken. Niemand würde mich vermissen, und bis irgendjemand dann doch bemerken würde, dass die große Schwarzhaarige schon lange nicht mehr aufgetaucht ist, wäre ich längst vertrocknet hinter den Aufzugstüren. Ich sehe direkt die Schlagzeile vor mir: *Tragisches Ende der Lilly P.*

Als ich draußen tief einatmen will, kriege ich statt Luft eine Portion feuchte Watte in den Mund. Der Nebel ist so dicht, dass man nicht mal seine Füße sehen kann. Zum Glück weiß ich, wo der nächste Kiosk ist. Ich brauche nur den Schienen der S-Bahn zu folgen. Ich ziehe meinen Mantel enger um mich und wundere mich, dass es so still ist. Dabei vibriert Frankfurt sonst immer. Eine Sinfonie aus Sirenen, Autohupen und Menschen.

Ich freue mich, dass an der Trinkhalle ein paar Menschen herumstehen. Auch wenn das zum Großteil freundliche Alkoholiker sind. Endlich komme ich mir nicht mehr völlig verloren vor.

„Morsche", sagt der Besitzer und erkundigt sich, was ich möchte. Er macht Witze und fragt, ob „isch aach 'n Korze dadezu hawwe will". Was ich, ein bisschen rot im Gesicht, ablehne. Mein Geld reicht gerade für eine Currywurst und eine Rolle Schokokekse. Als Papa vorhin gefragt hat, ob ich Geld brauche, hat er ziemlich ins Schwarze getroffen. Ich hätte nie geglaubt, dass das Leben so teuer ist. Gleich in meiner ersten Woche hier bin ich einen guten Teil meines ersten Geldes losgeworden, und seitdem habe ich die Notbremse gezogen.

Mit der Currywurst in der Hand und den Keksen in der Tasche gehe ich zurück zum Wohnheim. Ich hoffe, die Wurst bleibt warm bis dahin. Ich möchte lieber in meinem Zimmer essen. Selbst dort ist es gemütlicher als in dieser Suppe.

Und nach dem Essen werde ich meine Zeit nicht länger mit selbstmitleidigem Gejammer vertrödeln, sondern lernen.

Aber dann kommt es doch anders. Bevor ich meine Bücher aufschlage, schaue ich noch mal schnell ins Internet. Nachsehen, ob eine Mail von Halldór gekommen ist. Nein, aber noch viel besser: Halldór ist online. Ich sende ihm ein Telegramm, und dann schicken wir uns gegenseitig jede Menge Trost hin und her gegen den Nebel – vor Halldórs Fenster hängen sogar schon seit drei Tagen düstere Wolken – und erzählen uns lustige Geschichten, um dem Herbstblues zu entkommen.

Wasserspiele

Ich finde es sehr lästig, dass es hier nur gemeinsame Waschräume gibt statt einer kleinen Nasszelle in jedem Zimmer. Damit wird einfaches Duschen so umständlich.

Jedes Mal muss ich mich in einen Bademantel hüllen, bevor es losgehen kann. Und Bademäntel sind die spießigsten Kleidungsstücke, die es auf der Welt gibt. Bevor ich hier eingezogen bin, hatte ich nie einen. Und der, den mir Mama dann geschenkt hat, ist aus beigem Waffelpikee. Darin sehe ich aus, als hätte ich gerade eine schwere Gelbsucht überstanden. Auch heute wieder. Im Augenblick wirke ich sogar noch kranker, weil ich meine seit neuestem obligatorischen schwarzen Ringe unter den Augen habe.

Ich knote den Gürtel in der Taille fest und wünsche mir, ich hätte Hüften, die sich rechts und links schwungvoll unter dem Gürtel breit machen würden. Aber da kann ich so fest schnüren, wie ich will – in einem lappigen Bademantel sieht man einfach nur schlabbrig aus. Vielleicht sollte ich mich am Ausschnitt und an den Waden mit silbernem Glitzer-Gel einreiben und so vom Rest ablenken.

Nein, das wäre übertrieben, die andern Mädels haben auch bloß öde Bademäntel. Eva, die so eine Mischung aus Babygirl und Sexbombe ist, hat natürlich einen in

Rosa mit einem Volant vorne dran. Rügül trägt einen knallroten bodenlangen. Und sie sieht als Einzige wie eine Königin aus, wenn sie darin ins Bad rauscht.

Am schlimmsten ist Mascha dran. In ihrem dicken grün gestreiften Frotteemantel würde sie glatt als Riesenunke durchgehen.

Ich könnte natürlich auch wie Jonas oben ohne, nur mit einem kleinen Handtuch um die Hüften, durch den Flur zum Bad stolzieren, aber das erscheint mir ein wenig gewagt. So klein ist mein Busen dann doch wieder nicht. Es wäre mir auch ein bisschen zu kalt.

Außerdem muss man alles mitschleppen, was man zum Duschen braucht. In so einem Kulturbeutel – allein schon der Name!

Ich stelle also meinen kulturellen Beutel in die Kabine, hänge den Bademantel an den Haken und drehe das Wasser an. Von nebenan steigt mir der Duft von herben Limonen in die Nase. Das riecht nach Mann.

Ich hole meine Seife aus der Dose. Wirklich unpraktisch, diese Hinundherschlepperei. In der ersten Woche habe ich deshalb meine Sachen im Regal im Bad stehen lassen, und prompt waren sie zwei Tage später weg.

Ich glaube nicht, dass jemand aus unserem Flur sich daran vergriffen hat. In diesem Haus gehen so viele Leute rein und raus, vor allem oben bei den Studenten, dass man nie weiß: Ist das einer, der hier wirklich wohnt, oder ist es jemand, der jemanden sucht, oder sucht hier jemand etwas zum „Mitnehmen“.

Rügül sagt, dass früher das ganze Gebäude ein Schwesternwohnheim war, und findet es eine Schande, dass die Stadt jetzt aus Kostengründen all diese Betriebswirtschafts-Studenten hier unterbringt. Nur weil nicht mehr so viele Schwestern ausgebildet werden.

Mist, jetzt ist mir die Seife aus den Händen geglitscht. Ich muss mir unbedingt ein Duschgel mit so einer Schlaufe besorgen, das man an den Wasserhahn hängen kann. Ich bücke mich, um nach der Seife zu suchen.

Oh, was sehe ich denn da?

Zwei dunkle Pupillen glänzen mir aus glockenblumenblauen Kreisen entgegen. „Hallo Jonas!", sage ich, obwohl ich beinahe vor Schreck aufgeschrien hätte. Schließlich stehen wir hier beide nass und nackt und voller Schaum. Deshalb kann ich auch nicht sofort den Bademantel vom Haken reißen und umwerfen, erst muss der Schaum wieder runter! Außerdem bin ich sowieso viel zu verdutzt, um zu reagieren. Oder bin ich empört? Ich weiß es nicht so genau.

Jedenfalls muss es ziemlich anstrengend sein, in dieser Haltung unter der Trennwand zu mir herüberzustarren. Ob er das öfter macht? Guckt er nur bei mir oder auch bei Mascha oder Rügül oder Eva? Vielleicht ist ihm auch bloß die Seife runtergefallen?

„Suchst du was Bestimmtes?", frage ich ihn grinsend und freue mich, dass mir trotz meines Herzrasens so etwas Cooles eingefallen ist.

Da erst scheint er zu kapieren, dass ich ihn entdeckt habe, und zieht hektisch seinen Kopf weg.

Eigentlich ist das ein winziges bisschen schade. Seine Augen haben schön auf meiner Haut geprickelt.

Andererseits ist es gar nicht schlecht, denn so kann

ich ihn jetzt auch ein wenig anschauen. Jonas dreht mir demonstrativ den Rücken zu. Der ist genauso muskulös wie sein Oberkörper. Jonas ist jede freie Minute mit seinem Fahrrad unterwegs, und das sieht man auch: Sein Hintern ist gewölbt wie der einer griechischen Statue, und an den Seiten, wo die Oberschenkel in den Po übergehen, ist eine muskulöse Delle, die einem erst klarmacht, wie schön dieses Kunstwerk ist. Wenn ich da noch länger hingucke, besteht die akute Gefahr, dass ich unter der Trennwand durchkrabbele. Aber irgendetwas stimmt nicht mit seinen Beinen. Sie sehen so unnatürlich aus. Warum bloß? Aber dann wird es mir klar, seine Beine sind glatt rasiert. Das ist es. Warum macht er das? Ist das so wie bei den Schwimmern? Rasieren sich auch Radprofis ihre Beine, damit sie schneller sind?

Hey, Lilly!, schaltet sich da meine innere Stimme in meine spannenden Überlegungen ein. Bist du eigentlich verrückt, wie kommst du dazu, über die Beine deines Mitbewohners nachzudenken? Was machst du hier eigentlich? Such deine Seife, und dusch weiter, schließlich gibt es noch jede Menge für die Schule zu lernen!

Ich richte mich wieder auf und überlege, wo sich Radprofis wohl sonst noch rasieren. Irgendwie bringt mich die Vorstellung, wie Jonas seinen Männerkörper mit einem Rasierer bearbeitet, zum Lachen. Und gute Laune brauche ich jetzt dringend. Denn meine ewig langen Haare zu waschen ist Schwerstarbeit. Immer verheddern sie sich und ziepen wie verrückt. Während ich mein Pfirsichblüten-Shampoo aufschäume, stelle ich mir vor, es gäbe statt Büchern ein Shampoo, in dem alles drin ist, was man als Krankenschwester lernen muss.

Wäre doch herrlich, wenn man sich nur ein bisschen Wissensshampoo auf die Haare gießen und einmassieren müsste und der gesamte Flascheninhalt dann im Kopf wäre. Nach der Wissensdusche wäre man gerüstet und könnte jede Prüfung bestehen. Vor allem für mich, Lernschwester Lilly Podeschwa, wäre das grandios.

Ich spüle den Schaum gerade aus den Haaren heraus, als das Wasser kalt wird. Na toll! Das passiert hier andauernd. Wie gut, dass ich wenigstens mit meinen Haaren fertig bin. Ich greife nach dem Handtuch, rubbele mich ab und ziehe den Bademantel an. Hoffentlich ist Jonas schon weg. Mit einem Handtuch um den Kopf sieht man so bescheuert aus.

Vor den Duschen ist niemand mehr. Ich stelle mich an eines der Waschbecken und versuche, meine Haare durchzukämmen.

„Hallo Rapunzel!“ Eva stürmt schwer bepackt ins Badezimmer. „Ist die Luft rein?“, fragt sie mich und zeigt mit dem Kopf auf die Duschkabinen.

„Ja, außer uns ist keiner da.“ Ich überlege kurz, ob ich ihr von Jonas erzählen soll, lasse es dann aber.

„Ich finde es schrecklich, wenn mir jemand im Bad zuschaut“, sagt Eva. „Man will ja als Frau nicht all seine kleinen Schönheitsgeheimnisse vor der Männerwelt preisgeben.“

„Leider ist das Wasser gerade kalt geworden“, eröffne ich ihr.

„Kein Problem, dann warte ich eben ein bisschen, bis es wieder heiß ist.“ Eva kramt Tuben und Tiegel aus ihrer Schönheits-Schatztruhe, schaut sie an, überlegt kurz, wirft sie zurück und nimmt neue Dosen heraus. „Soll ich dir helfen mit deinen Haaren?“, fragt sie und hält mir eine pinkfarbige Flasche entgegen. „Ich hätte hier diese wunderbare Haarpackung, mit der kämmt sich dein Haar wie von selbst.“

Ich schüttle stumm den Kopf, weil ich gerade den Bürstenstiel im Mund habe.

Eva stellt die rosa Flasche ab. „Wie du willst“, sagt sie. Dann kleistert sie sich minzfarbene Paste ins Gesicht und fängt an zu singen. „Asepsis und Antisepsis, lalalaaa.“

Ich muss mich wohl verhört haben? Was ist denn das für ein Lied? Die griechische Version eines Britney-Spears-Songs?

Eva lächelt ihrem schon halb grünen Gesicht zu und singt aus vollem Halse weiter: „Asepsis ist die Keiiimfreiheiiit – nicht zu verwechseln mit der Antisepsis, denn das ist nur die Keiiimreduktiooon, lalalala!“

Mir fällt vor lauter Staunen die Bürste aus dem Mund.

„Ist was?“, fragt Eva und verstreicht um ihre Augen herum noch eine lachsfarbene Creme.

„Wieso singst du dieses Zeug jetzt auch noch aus voller Kehle, reicht es dir nicht, dass wir das alles lernen müssen?“

„Man lernt besser, wenn man dabei singt“, klärt Eva mich auf. „Alter Fremdsprachenkorrespondentinnen-Trick! Versuch’s doch mal! Los, auf drei!“

Ich komme mir zwar ziemlich bescheuert vor, beim Haareauseinanderfieseln Asepsislieder zu singen, aber ich tue es. Und ... es macht Spaß.

Als Eva sich dann noch eine weiße Masse auf ihre Lippen schmiert, hören wir beide auf, weil Eva jetzt still sein muss, damit die Pampe gut einwirken kann. „Wenn uns Schwester Agnes so sehen könnte!", sagt Eva noch und streckt ihrem Spiegelbild die Zunge heraus.

Ich habe meine Haare endlich durchgekämmt und flechte kleine Zöpfchen. Wenn ich die morgen aufmache, habe ich wenigstens ein paar Wellen im Haar, das sonst leider wie extralange, ungekochte schwarze Spagetti aussieht.

„Wieso habt ihr aufgehört zu singen?", fragt Mascha, die ebenfalls im Bademantel hereinkommt.

Eva deutet auf ihr völlig zugekleistertes Gesicht und murmelt vorsichtig etwas wie: „Kann jetzt nicht reden."

„Was haltet ihr von einer Spontanparty nachher bei mir? Da könntet ihr weitersingen. Das wäre bestimmt lustiger als Torstens Witze. Ich wünsch mir allerdings einen Song über Cholesterin! Und den sollte Lilly ganz alleine zum Besten geben, niemand singt so schön falsch wie Lilly, das bringt Stimmung." Mascha grinst.

„Nur wenn du dazu quakst!", rutscht es mir wütend raus.

„Quaken?" Mascha reißt verdutzt ihre Augen auf.

„Na ja, so wie du hier rumläufst, wie eine dicke Unke!"

Mascha macht den Mund auf, um etwas zu erwidern, doch Eva kommt ihr zuvor.

„Spontanparty – ist eine gute Idee. Aber ich hab heute Abend leider schon was vor. Und Rügül auch, die kommt nämlich mit ins Kino", plappert Eva, so gut es mit zusammengepressten Lippen geht, und legt mir beruhigend die Hand auf den Arm.

Mascha beachtet Evas Ablenkungsmanöver nicht weiter. „Wie meinst du das, *Unke*?“ Sie kommt einen Schritt auf mich zu. Dabei setzt sie auch noch ihre grüne Bademütze auf. Unfassbar, wer duscht denn schon mit Bademütze? Nicht mal meine Großmutter! Außerdem steht ihr Grün einfach nicht.

„Unke wie Kröte wie Frosch! Quaak, quaak, quaak. Na dann, bis später, Froschkönigin“, sage ich und verschwinde aus dem Bad. Aus den Augenwinkeln sehe ich, dass Mascha mir verwirrt nachstarrt. Ha! Geschieht ihr recht. Vielleicht hält sie sich dann nächstes Mal zurück mit ihren Kommentaren.

Gefesselt

Ich gehe zurück in mein Zimmer und überlege mir, ob ich bei Maschas Party überhaupt aufkreuzen soll. Eigentlich wollte ich eine Mail an Halldór schreiben. Halldór findet, ich tue Mascha Unrecht. Nach meiner nächsten Mail wird er aber einsehen, dass Mascha eine Nervensäge ist. Fragt sich nur, wann ich die schreiben werde. Denn ich habe nicht vor, in meinem Zimmer zu sitzen, während die anderen Party machen. Außerdem will ich mich auf keinen Fall ausschließen. Sonst werde ich vielleicht nächstes Mal gar nicht erst eingeladen. Und auf zu viel Einsamkeit lege ich absolut keinen Wert – das hat mir mein Wochenenddesaster klargemacht.

Also werde ich wohl zu Mascha gehen, obwohl ich mir neben ihr die meiste Zeit wie die eine Idiotin vorkomme.

Zum Beispiel heute in der Schule. Da musste ich mit Mascha Blutdruckmessen vorführen. Ausgerechnet mit Mascha, dabei sind doch noch 28 andere in meiner Klasse! Und das alles unter den Augen von Schwester Agnes, die vom schwarzen Raben zur Raubtierdompteurin mutiert ist und uns mit strenger Hand führt. Vor ihrer Diakonissentracht würden sogar die bissigsten Löwen lammfromm Männchen machen.

Leider bin ich keine Löwin und habe erst recht kein

Löwenherz. Ganz klar, dass mir der Puls in den Ohren gedröhnt hat, während ich Mascha die Blutdruckmanschette umgelegt habe. Als ich mir die Oliven des Stethoskops in die Ohren gesteckt und mich darauf konzentriert habe zu hören, wie ihr Puls unterbrochen wird, konnte ich nur meinen hören. Verzweifelt habe ich auf die Messskala gestarrt, weiter gepumpt und gehofft, dass es dann endlich still wird. Denn man kann den Blutdruck erst messen, nachdem der Puls des Patienten unterbrochen ist. Ich habe sogar die Luft angehalten, damit ich Mascha Puls hören konnte.

Mascha trat die ganze Zeit mit ihrem Fuß gegen mein Schienbein, was ich ignorierte. Falls ich zu hart aufgepumpt hätte, würde ich mich später entschuldigen.

Da mir immer noch nur mein eigener Puls in den Ohren dröhnte, pumpte ich weiter und weiter, warf dann zum ersten Mal einen Blick auf die Manschette und sah, dass sie immer dicker wurde. Plötzlich, *ratsch*, sprang der Klettverschluss auf. Super!

Und ich hatte überhaupt keine Ahnung, was passiert war.

Dabei war es ganz einfach: Ich hatte die Manschette falsch herum angelegt. Für Mascha und alle anderen natürlich wieder mal der Beweis dafür, wie unheimlich saukomisch ich doch war.

Sogar Mrs Löwenbändigerin verkniff sich ein Lächeln und gab mir eine zweite Chance. Leider hatte ich jetzt vergessen, was der systolische Wert war, und der Name des anderen Wertes fiel mir überhaupt nicht mehr ein, und damit versaute ich es endgültig.

Danach kam Mascha dran und war natürlich hinreißend, wunderbar, großartig. Legte mir mit zarten Händen die Manschette um, pumpte, sah ernst auf die Skala, pumpte noch ein bisschen und maß dann einen Blutdruck von 140 zu 100.

Daraufhin fragte mich Schwester Agnes natürlich, ob ich denn genug Sport treiben würde, denn so ein hoher Wert wäre für mein Alter nicht normal.

„Ja“, sagte ich spontan und hätte besser kurz nachgedacht, schließlich würde niemand bei klarem Verstand eine Löwenbändigerin provozieren, „mein Lieblingssport ist Powerzapping!“

„Ach, wie schön“, hat Schwester Agnes geantwortet, „macht man das allein oder in der Gruppe?“

Mascha und die andern haben zwar versucht, nicht zu lachen, aber nachdem Mascha doch laut rausgeplatzt ist, konnte sich der Rest auch nicht mehr zurückhalten. Natürlich hat Schwester Agnes dann gemerkt, dass ich sie auf den Arm genommen habe, und mir eine kleine Extraportion Powerlearning verordnet.

Auch das fand Mascha ausgesprochen komisch. Zumindest hat sie sehr gelacht. Später hat sie mir erklärt, sie hätte mir ans Schienbein getreten, um mich auf meinen Irrtum aufmerksam zu machen.

Wie hätte ich denn auf die Idee kommen sollen? Wenn das stimmte, war es eigentlich ganz nett von ihr. Aber sie könnte es sich auch nur im Nachhinein ausgedacht haben. Egal, ich werde so oder so zu ihrer Spontanparty gehen.

Ich überlege, was ich anziehen soll, und entscheide mich ganz schlicht für Jeans und T-Shirt. Damit kann man nie was falsch machen. Nicht mal ich.

Andererseits, nachdem Jonas mich unter der Dusche so hungrig angeschaut hat, wäre es vielleicht doch gut, sich ein bisschen Mühe zu geben. Dann kann er mich betrachten und sich an meinen dampfend nassen Körper in der Dusche erinnern. Also ziehe ich noch meine indianisch wirkende Weste mit den langen Lederfransen und den Perlen über das T-Shirt. Zusammen mit meinen dunklen Zöpfen sehe ich beinahe aus wie Winnetous Schwester, allerdings auf Stelzen.

Ich gehe also zum Nachbarzimmer und klopfe an Maschas Tür.

„Komm rein!“, ruft sie, und ich betrete Feindesland.

Maschas Zimmer sieht aus, als ob man in einem orientalischen Palast wäre. Die Wände sind orange und rosa und rot gestrichen, mit einer goldenen Abschlussbordüre am oberen Rand. Und alles spielt sich am teppichbelegten Boden ab. Die Matratze liegt am Boden, ein winziges Tischchen steht vor einer Landschaft aus silbernen und goldfarbenen Kissen, und vor dem Waschbecken hängen zwei Mücken-Vorhänge aus dünnen Schnüren mit sich drehenden, schimmernden, viereckigen Plättchen in Sonnenuntergangsfarben, die sich manchmal ineinander verheddern.

Leider sieht das unglaublich schön aus. Und es riecht auch so angenehm nach Zimt und anderen orientalischen Duftnoten, die ich nicht bestimmen kann.

Mein Zimmer kommt mir dabei kahl, grau und öde vor. Nein, nicht nur mein Zimmer, auch ich komme mir langweilig vor. Ich nehme mir fest vor, etwas aus meiner Zelle zu machen. Vielleicht sollte ich sie jetzt erst recht ganz karg einrichten. Leer.

„Gefällt's dir?“, fragt mich Mascha.

„Hmm ... na ja, ein bisschen ... ähh ... überladen“, murmle ich und frage mich gleichzeitig, wieso ich nicht ehrlich sagen kann: Toll, das sieht toll aus!

„Ja, passend zur Unke!“ Mascha lacht und deutet auf ihren Bauch, der sich leicht über ihre Hose wölbt. Soll das heißen, sie hat sich gar nicht über meinen Froschvergleich geärgert?

Zum Glück trudeln in dem Moment Torsten und Jonas ein. Torsten hat ein großes Blech Pizza gebacken, und Mascha hat einen alkoholfreien Fruchtpunsch gemixt, über den sich Jonas sofort begeistert hermacht. Er trinkt keinen Alkohol und macht immer großes Getue um seine Ernährung.

Wieso habe ich nicht daran gedacht, etwas mitzubringen? Liegt es daran, dass ich die Jüngste von uns bin und von Tuten und Blasen einfach keine Ahnung habe?

Na ja, Jonas hat auch nichts beigesteuert. Dafür bietet er Mascha an, sich nützlich zu machen. Dabei betrachtet er sie, als wollte er sie bei nächster Gelegenheit anknabbern.

So viel zu meinen Theorien, wie er mich hungrig anschauen würde. Ob er das abschreckend fand, was er in der Dusche gesehen hat? Zu mager? Und jetzt sucht er sich was Weicheres? Seltsam, erst jetzt verspüre ich Wut darüber, dass er mir beim Duschen zugesehen hat. Ist doch eigentlich eine Unverschämtheit. Blöder Spanner!

Ich merke, dass ich Lust kriege, ihn zu fragen, ob er für seine Oberschenkel Nassrasur oder einen elektrischen Rasierer bevorzugt, aber das traue ich mich dann doch nicht.

Inzwischen haben wir uns alle auf der Matratze und den großen Bodenkissen niedergelassen, und Mascha findet es unheimlich komisch, alle daran zu erinnern, wie dämlich ich mich heute Morgen mit der Blutdruck-Manschette angestellt habe. „Plopp!“, macht sie und fügt ein reißendes Geräusch hinzu, das wohl den aufplatzenden Klettverschluss darstellen soll. Haha. Wie lustig.

Ich grinse zwar, um nicht als Spielverderber dazustehen, aber mir ist eher zum Heulen zu Mute.

Nichts läuft hier so, wie ich es gerne hätte. In der Schule mache ich alles falsch, schlimmer noch: Ich mache mich lächerlich. Und Jonas beachtet mich jetzt, nachdem er mich in der Dusche gesehen hat, auch nicht mehr. Oder bilde ich mir das alles nur ein und bin bloß eine schreckliche Mimose?

Ich merke, wie mir die Tränen in die Augen steigen. Auch das noch! Ich zwicke in meine Hand, um mich abzulenken. Obwohl der Trick sonst immer hilft, bewirkt er heute das Gegenteil. Am besten wäre es, ins Bad zu gehen – kaltes Wasser wirkt Wunder. Aber ich kann jetzt schlecht ohne Erklärung verschwinden.

Zum Glück ist das Zimmer nur mit Kerzen und Teelichtern beleuchtet, sodass niemandem etwas auffällt. Der Einzige, der etwas bemerkt, ist Torsten. Er wirft mir einen fragenden Blick zu.

„Was ins Auge gekriegt“, sage ich und will mich schnell durch den schillernden Mückenvorhang zu Maschas Waschbecken retten.

Genau in diesem Moment fragt mich Mascha, ob ich auch einen Fruchtpunsch möchte. Ich drehe mich um und schüttle nur den Kopf. Aber diese kleine Bewegung reicht, dass ich mich völlig in den Perlenschnüren verheddere. Ich bleibe mit dem Kopf hängen, und dieses vermaledeite Ding stranguliert mich beinahe. Bei meinen Versuchen, mich schnell und unauffällig daraus zu befreien, verknoten sich auch die Fransen und Perlen meiner Weste mit dem Vorhang zu einem dicken Knäuel.

Und welchen Effekt hat das? Das Gespräch erstirbt auf der Stelle, und alle fangen an zu lachen. „Lilly ist wirklich unschlagbar!", japst Mascha und macht Anstalten, mich aus dem Vorhang zu befreien. Aber sie schafft es nicht. Daraufhin hieven sich auch die anderen beiden von der Matratze und fangen an, am Vorhang und meinen Fransen herumzufummeln.

Torsten schüttelt den Kopf. „Da hilft nur noch eine Schere."

„Oh nein, das wäre so schade, der Vorhang ist ganz neu!", widerspricht Mascha vehement.

„Neu, aber unpraktisch." Jonas lächelt. „Was für ein Glück, dass Lilly ihre Haare nicht offen getragen hat, stellt euch das mal vor!", sagt er und streichelt von den anderen unbemerkt über meine Zöpfe. Für einen winzigen Moment vergesse ich meine prekäre Lage, und mein Bauch mutiert zu einer Popcornmaschine. *Plopp, plopp, plopp.*

„Dann müssten wir die Haare auch abschneiden", meint Torsten und bittet Mascha um eine Schere.

Mascha sieht blass aus. „Nein, das will ich nicht."

„Aber ich sehe keine andere Möglichkeit!“, sagt Jonas, und Torsten nickt dazu.

Ich kann zwar meine Arme bewegen, aber der Rest ist wie abgeschnürt. So muss man sich fühlen, wenn man ein Korsett trägt. Ich möchte nur noch raus hier.

Zögernd reicht Mascha Torsten eine große Schere, und er fängt an zu schneiden. Leider fallen ihm dabei auch Fransen von meiner Weste zum Opfer. *Ritsch, ratsch*, und dann bin ich wieder frei.

Mascha versucht, die abgeschnittenen Teile des Vorhangs wieder anzuknoten, aber das funktioniert nicht.

Wütend dreht sie sich zu mir um: „Hast du denn noch nie einen Mückenvorhang gesehen? Man steckt seine Hand durch und schiebt ihn vorsichtig zur Seite!“ Sie demonstriert mir das. „Und man rauscht da nicht durch wie eine Gestörte!“, meckert sie weiter. So zornig habe ich Mascha noch nie erlebt. Sonst hat sie doch immer alles locker weggesteckt: dumme Bemerkungen von mir oder auch die riesigen Schokoflecken auf ihrer Hose ...

„Hey, hey, Mädels!“, versucht Torsten, sie zu beruhigen. „Lilly hat ja auch gelitten.“ Er hält die Fransen der Weste hoch. „Und jetzt sollten wir die Pizza essen, bevor sie kalt ist. Apropos essen, wisst ihr, was Kannibalen aus Medizinern am liebsten machen?“

Niemand stöhnt genervt wie sonst immer, wenn Torsten einen Witz erzählen will. Alle sind froh, dass er versucht, die Stimmung zu retten. Er schaut auffordernd von einem zum anderen, aber wir zucken nur mit den Schultern. „Die Kannibalen machen sich am liebsten *Hot Docs*.“

Niemand lacht laut, aber selbst Mascha lächelt.

„Ich werde mal ein Messer für die Pizza holen!", biete ich an, in der Hoffnung, dass damit mein Abgang gesichert ist. Denn ich habe ganz sicher nicht vor, in diese gefährliche, orientalische Höhle zurückzugehen.

Aber Torsten besteht darauf mitzukommen. „Nicht jedes Messer eignet sich zum Pizzaschneiden!", sagt er und schubst mich zur Tür.

Im Flur grinst er mich verschwörerisch an. „Apropos Messer, weißt du, warum Chirurgen beim Operieren einen Mundschutz tragen müssen?"

Ich schüttle ziemlich matt den Kopf. Mir ist nicht nach Witzen. Ich will bloß noch in mein Zimmer.

„Na, damit sie die Messer nicht ablecken."

In der Küche zieht Torsten zielsicher das größte Sägemesser aus einem Messerblock, den er unserer Küche gestiftet hat.

„Ich komme nicht mehr mit", teile ich ihm mit und bin froh, dass meine Stimme sich fest anhört.

„Spinnst du? Wieso denn nicht?" Torsten starrt mich entgeistert an.

„Weil es mir für heute reicht!"

„Aber Lilly! Was ist denn schon groß passiert?"

„Ich habe mich heute schon zum zweiten Mal richtig lächerlich gemacht, das reicht ja wohl für einen Tag!", fauche ich ihn an.

Er legt das Messer weg und seine Hand auf meinen Arm. „Ach komm, Lilly, über solche Peanuts braucht man sich doch nicht zu ärgern. Wie willst du denn dann mit richtigem Ärger umgehen, zum Beispiel mit Patienten auf der Station?"

„Peanuts“, brülle ich jetzt, „Peanuts, ich hasse diesen Ausdruck *Peanuts*!“

„Wieso regst du dich so auf?“, fragt Torsten.

„Weil ich mir als Zweijährige eine Erdnuss so tief in die Nase geschoben habe, dass sie nur durch eine Operation herauszukriegen war. Das war nicht bloß *Peanuts*!“

Torsten fasst sich unwillkürlich an seine Nase, schaut mich an und sagt nichts. Er lacht auch nicht. Und vielleicht weil er auf einmal so still ist, muss ich grinsen. Und plötzlich kommt es mir so vor, als hätte Torsten ja doch Recht.

„Na ja, ist lange her“, lenke ich ein.

„Eben!“, sagt Torsten, und dann gehen wir zurück zu Mascha. „Apropos Peanuts – hast du eigentlich schon eine Lebensversicherung?“, fragt er noch.

„Wieso? Glaubst du, ohne die sollte ich lieber nicht von deiner Pizza probieren?“, frage ich zurück.

„Könnte sein!“ Er grinst, schwenkt das Messer und klopft damit an Maschas Tür.

Als ich drei Stunden später wieder vor meiner Klosterzelle stehe, finde ich, dass es die richtige Entscheidung war, mit Torsten zurückzugehen.

Ich habe zwar mit Mascha kaum noch ein Wort gewechselt, dafür umso mehr mit Jonas.

Aus Jonas werde ich nicht schlau. Für Torsten hat er nur dumme Sprüche übrig. Mit Mascha und mir schäkert er rum. Kaum hat er eine Anspielung auf meine Beine gemacht, bewundert er Maschas Haare.

Doch das kann mir eigentlich egal sein, denn er hat zwar auch mit Mascha geflirtet, aber wo steht er jetzt?

Neben mir. Vor meiner Zimmertür.

Er druckst ein bisschen komisch herum. Will er mich was fragen? Ob er mit hereinkommen darf?

Oh Gott, ich habe keine Ahnung, ob ich das will.

Andererseits ist es schon so lange her, dass ich jemanden berührt habe. Eingehüllt war in Arme, gewärmt von einem männlichen Wesen. Kommt mir vor wie ein Jahrtausend.

Mein Körper reagiert schneller als mein Gehirn. Jonas strahlt so viel Kraft aus, und wenn ich an diese muskulöse Delle in den Oberschenkeln denke, unter der Dusche ... Wir könnten ja auch zusammen duschen, blitzt da so ein Gedanke auf. Wir könnten unsere nackte Haut gegenseitig einschäumen ...

„Lilly, was ich dich fragen wollte ...", sagt er da endlich.

„Ja", antworte ich, und meine Stimme ist ein bisschen heiser vor lauter Aufregung. Wie sich diese Lippen auf meinen anfühlen werden?

„Hast du am nächsten Wochenende Lust auf eine Radtour in die Umgebung? So wie du gebaut bist, machst du mir bestimmt scharfe Konkurrenz!", lächelt Jonas, wirft einen Blick auf meine Beine und nimmt meine Hand. Das gefällt meinem Körper ausgesprochen gut. Von unseren Händen gehen aufgeregte Supermails an alle wichtigen erotischen Schaltzentralen meines Körpers. Sie melden einstimmig: „Alarm!"

Aber da lässt er meine Hand wieder los und tippt mir auf die Nasenspitze. „Also, was meinst du?"

„Superidee!", sage ich ziemlich matt. Dann eben nicht! Ist bestimmt auch besser so. Oder soll ich vielleicht die Initiative ergreifen? Soll ich? Soll ich?

„Mann, bin ich müde“, sagt Jonas in diesem Moment. „Aber cool, dass du die Radtour mit mir machst. Das wird sicher super. Schlaf gut!“ Damit dreht er sich um und geht zu seinem Zimmer.

Ich atme tief durch. Das war knapp. Um ein Haar hätte ich mir die Abfuhr meines Lebens abgeholt. Ich sperre meine Tür auf und werfe mich aufs Bett.

Na ja, denke ich mir, vielleicht lässt Jonas sich einfach Zeit und plant ein verführerisches Picknick im Wald. Dass er Romantiker ist, hätte ich nicht gedacht. Allerdings ist es schon Herbst und kein Hochsommer mehr. Oder ist das Absicht, weil man sich dann dringend wärmen muss, inmitten der knisternden Blattstürme? Manchmal finde ich Romantik ausgesprochen blöd.

Station 24

Heute ist es endlich so weit. Nach drei endlosen Wochen Schule dürfen wir ran an die Patienten. Ich komme auf die Orthopädie, und wer von den 29 anderen aus meiner Klasse kommt wohl auch noch dahin? Ausgerechnet Mascha. Torsten und Eva sind für die Innere eingeteilt, Rügül und Jonas für die Gynäkologie.

Mascha und ich warten unten an der Pforte der Nordendklinik darauf, dass wir abgeholt werden, schweigen uns an und sehen beide ein wenig blass und verquollen aus. Kein Wunder: Es ist gerade mal *6.00 Uhr*! Obwohl wir durch den kalten Herbstmorgen zur Klinik gelaufen sind, fühle ich mich immer noch ein bisschen wie betäubt. An das frühe Aufstehen muss ich mich wohl noch gewöhnen.

In der Eingangshalle laufen um diese Uhrzeit schon ständig Leute zwischen großen künstlichen Palmen und anderen Grünpflanzen hin und her – vor allem jede Menge weiß bekittelte Menschen. Sie sehen alle aus, als hätten sie eine dringende und ungemein wichtige Mission zu erfüllen, und das haben sie wahrscheinlich auch. Ob ich jemals dazugehören werde?

Nach ein paar Minuten kommt eine leicht untersetzte Frau auf uns zugeeilt. Das muss unsere Mentorin sein. Sie ist dafür zuständig, sich um die Frischlinge unter den Schwestern zu kümmern. Unsere Mentorin heißt Karin und könnte sofort im Fernsehen in einer Krankenhausserie auftreten. Sie ist zwei Köpfe kleiner als ich, und wenn sie lächelt, bekommt ihr sommersprossiges Gesicht rechts und links neben dem Mund zwei winzige, sympathische Grübchen. Man möchte sich direkt freiwillig eine Spritze von ihr geben lassen.

Sie drückt uns beiden kraftvoll die Hand und fragt, wie es uns geht und ob wir nervös sind.

Mascha schüttelt ihren gelockten Heiligenschein. „Nein", sagt sie, „nur neugierig!"

Ich überlege, ob Mascha lügt oder ob sie wirklich ganz gelassen ist. In meinem Bauch rumort der Kaffee von heute Morgen herum wie ein frisierter Auspuff. Und meine Hände sind schweißnass vor Angst. Warum sollte ich lügen? „Ich bin sehr aufgeregt", gebe ich also zu.

Karin schaut mich an, als hätte ich das Richtige gesagt. „So ging's mir auch an meinem ersten Tag. Mach dir keine Sorgen, ich kümmere mich um euch. Wenn ihr Fragen habt, dann meldet euch einfach."

Sie führt uns durch ein Gewirr von Gängen und Aufzügen, und ich frage mich, wie sich hier kranke Menschen zurechtfinden sollen, wenn das nicht mal einer gesunden Person wie mir gelingt.

„So, da wären wir", stellt Karin fest. „Das hier ist die Station 24, die Orthopädie. Euer erster Arbeitsplatz." Sie zeigt auf einen Gang, der genauso aussieht wie alle anderen Gänge, durch die wir schon gegangen sind, und der auf einen sechseckigen Quader aus Glas zuläuft. Nach ein paar Metern fällt mir immerhin auf, dass die Bilder an den Wänden anders sind als die vorher. Farbenfroher – ein klein wenig wie Kinderbilder.

Schwester Karin bemerkt meinen Blick. „Die Bilder sucht sich jede Station selbst aus. Ich finde es toll, dass sich Stefana für Bilder von Grandma Moses entschieden hat, die sind so fröhlich, findet ihr nicht?“

Mascha und ich nicken stumm. Aber die Bilder ändern auch nichts daran, dass mir die gelben Türen und die hellgrauen Linoleumböden austauschbar vorkommen. Und dieser Krankenhausgeruch ist überall gleich. Bei mir ruft er Assoziationen an Erbsensuppe und Bratkartoffeln hervor, aber das wird überlagert von einem starken Apothekenaroma.

„Zuerst müssen wir in den Umkleideraum“, erklärt Karin und steuert auf eine schmale Tür zu, die dem Glasquader gegenüberliegt. Sie öffnet die Tür und zeigt auf die Spinde. „Sucht euch eine Nummer aus, und schließt eure Sachen immer ein. Leider wird hier viel geklaut. Das sind eure Uniformen.“ Sie wirft uns jeweils eine hellblaue Hose und ein hellblaues Oberteil zu.

Auf meinem Oberteil steht auf einem weißen Pflasterstreifen *Lernschwester Lilly*. Als ich das lese, wird mir ganz warm.

Ich habe es geschafft. Ich bin wirklich hier gelandet. Im Krankenhaus. Genau dort, wo ich hinwollte!

Die Hose ist mir viel zu kurz, sodass man noch ein Stückchen Haut zwischen dem Sockenrand und dem Saum sieht. Mascha dagegen kommt in ihre Hose gar nicht richtig rein.

„Hmm“, überlegt Karin, „heute muss es so gehen, aber für morgen werde ich mich darum kümmern, dass ihr passende Kleider kriegt.“ Sie wirft einen Blick auf Maschas Füße. „Mascha, in diesen Schuhen kannst du nicht hier herumlaufen“, stellt sie fest und schüttelt den Kopf.

„Wieso denn nicht?“, fragt Mascha und starrt auf ihre weißen Birkenstockschlappen. Ihr Gesicht ist rot von dem Versuch, sich in die Hose zu quetschen. Beinahe tut sie mir Leid. Aber dann denke ich an meine zerstörte Fransenweste und daran, wie Mascha sich über mich lustig gemacht hat.

Karin verdreht bei Maschas Frage ein bisschen die Augen und sieht gar nicht mehr so freundlich aus, als sie uns erklärt, dass es gewisse Sicherheitsvorschriften in diesem Krankenhaus gibt. Und die besagen, dass man keine offenen Schuhe tragen darf, weil das Risiko, hängen zu bleiben und zu stolpern, zu groß ist.

Mascha nickt ergeben.

Ich bin froh, dass ich die weißen Spezialturnschuhe, die mir Mama unbedingt kaufen wollte und die ich so spießig fand, doch mitgenommen habe. („Tochter“, hat sie hämisch gesagt, „genau das tragen Krankenschwestern!“)

„Ein bisschen flotter, Mädels, wir haben gleich Übergabe!“, drängelt Karin. Mascha und ich stopfen alles in unsere Spinde, sperren ab und folgen Karin.

Sie führt uns zu dem Glasquader – dem Stationszimmer, wie sie uns erklärt – und von da aus in einen Raum, den man vom Gang aus nicht sehen kann. Dort sitzt an einem Tisch eine dunkelhaarige Schwester mit müdem Gesicht und diktiert einer anderen Abkürzungen und Worte, die ich noch nie gehört habe. Dabei schaut sie in die Unterlagen, die vor ihr auf der sonnengeblümten Wachstuchtischdecke liegen.

Ich werfe Mascha einen Blick zu, den sie schulterzuckend erwidert. Karin stellt uns vor. Aber das interessiert im Augenblick niemanden. Die Botschaft ist deutlich.

Wir stören.

Karin deutet auf die Stühle am Tisch, und wir setzen uns, bemüht, nur ja keinen Mucks von uns zu geben. Ich schaue mich verstohlen in dem kleinen Zimmer um. Neben der Spüle steht eine verkrustete Kaffeemaschine, von der ein bitterer Geruch ausgeht.

An der großen Wand links vom Fenster hängt eine Tafel, in die Namenskärtchen eingesteckt und nach Tagen geordnet sind. Das ist bestimmt der Dienstplan. Unter dem heutigen Datum sehe ich unsere Namen: Mascha Klatzeck und Lilly Podeschwa. Mein Herz klopft gleich ein bisschen schneller.

Gegenüber an der anderen Seite befindet sich eine Pinnwand, an der wahllos über- und nebeneinander Zettel aufgespießt sind. Besonders auffällig sind die rosaroten „Erinnerungen" der Pflegedienstleitung, die zur Einhaltung der Hygienevorschriften mahnen.

Diese Mischung aus Küche und Aufenthaltsraum ist viel kleiner als unser Wohnheimsaquarium, auch das Fenster kommt mir winzig vor. Hier möchte man sich wirklich nicht gern länger aufhalten.

Als ich meine Aufmerksamkeit wieder dem Gespräch zuwende, dämmert mir langsam, warum die eine Frau so müde aussieht. Sie ist die Nachtschwester, die der Stationsschwester berichtet, was heute Nacht alles passiert ist.

Anscheinend eine Menge. Es wurden zwei komplizierte Beinbrüche und drei Ellbogenbrüche eingeliefert. „Das war vielleicht eine Nacht!“, seufzt Karin und gießt sich Kaffee in einen Becher. Dann erklärt sie uns, dass Brüche normalerweise nicht in die Orthopädie kommen, sondern nach nebenan in die Traumatologie. Aber die war schon überfüllt. Deshalb musste die Orthopädie einige Patienten aufnehmen.

Mascha und ich versuchen, uns alles zu merken, aber es geht einfach zu schnell, und außerdem verstehe ich sowieso nur die Hälfte. Wer war das mit dem Diabetes, und wer sollte nüchtern bleiben? Oh Gott, ist das kompliziert.

Die Krankenschwester, die die Tagschicht hat, steht auf. Und zu meiner großen Überraschung sehe ich, dass sie noch größer ist als ich. Ein Funkturm.

„Ich bin Stefana, die Stationsschwester“, stellt sie sich vor, „und ich freue mich, dass ihr da seid, auch wenn es keine Blumen zum Empfang gegeben hat. Aber nach dieser Nacht hinken wir unserem Zeitplan ein bisschen hinterher.“ Stefana nickt uns kurz zu. „Eine geht mit mir mit, die andere mit Karin. Wir teilen unsere Station in zwei Bereiche, und jede von uns ist allein für ihren Bereich zuständig. Dadurch hat man einen sehr viel intensiveren Kontakt zu den Patienten.“ Sie greift nach ihrem Kaffeebecher und nimmt einen Schluck. „Wir machen jetzt den ersten Durchgang, Vitalkontrolle. Heißt: Fieber und Blutdruck messen und Puls fühlen.“

Plötzlich finde ich den Gedanken, ganz ohne Mascha zu sein, gar nicht mehr so erstrebenswert.

„Du kommst mit mir mit!“, sagt die Stationsschwester zu mir und legt die Aktenmappe mit den Informationen über die Patienten auf eine Art Rollwagen, auf dem sich auch Tabletten, Spritzen, Fieberthermometer und Blutdruckmessgeräte befinden. Dann schiebt sie los. „Schon die Patientendokumentation durchgenommen?“, fragt sie mich auf dem Weg und deutet auf die Mappe.

Ich nicke nur, weil ich sowieso kein Wort rausbringen würde, und hoffe bloß, dass sie mich keine Details fragt, denn in meinem Kopf herrscht eine große Leere. Nein, keine Leere, sondern ein Datensturm, ein Chaos.

„Gut“, sagt sie, „dann trägst du die Werte ein. Alles klar?“

Mit Schwung öffnet sie die erste Tür. Zwei ältere Männer liegen dösend in ihren Betten.

„Guten Morgen, ihr Lieben!“, verströmt Schwester Stefana ihren Charme wie künstliche Sprühsahne. Das scheint den Patienten zu gefallen. „Ich möchte euch jemanden vorstellen“, sagt sie und deutet auf mich, „das hier in Hellblau, das ist Lilly, unsere neue Lernschwester.“

Ich nicke den beiden Herren zu, die mich ungeniert anstarren.

„Na, Herr Ludwig, wie schaut's aus heute Morgen? Gut geschlafen?“, fragt Stefana, greift dabei schon nach seinem Arm und legt die Blutdruckmessmanschette um.

Genial, so unauffällig und gekonnt.

Herr Ludwig, der seine spärlichen Haare quer über den Schädel gekämmt hat und noch unrasiert ist, strahlt sie an. „Wenn Sie hier gewesen wären, hätte ich bestimmt kein Auge zugemacht!“

Stefana lacht, sagt: „Pscht, sonst hör ich nichts", und misst den Blutdruck. „180 zu 110, das gefällt mir aber nicht, Herr Ludwig. Der war gestern Abend nicht so hoch. Haben Sie sich aufgeregt?"

Herr Ludwig nickt. „Klar, Sie wissen doch, wenn Sie nicht da sind, muss man sich hier über alles aufregen!"

Aus dem Nachbarbett kommt es trocken: „Blödsinn, der Ludwig hat unten im Patientencafé wieder zu viele Schnäpschen getrunken, das ist alles."

„Petze!", sagt der Ludwig zu dem anderen, einem Herrn Baumgartner.

Baumgartner ist ein schmächtiges Männlein mit gelber Haut. Seine Schultern und Arme stecken in einem merkwürdigen Verband. Ich sehe in den Patientenunterlagen, dass er sich an der Schulter verletzt hat. Dieser Verband sieht sehr unbequem aus. Nicht so, als könnte man gesund werden mit dem Ding.

Schwester Stefana befreit einen Arm aus dem Verband und misst Baumgartners Puls.

„Irgendein Vergnügen muss der Mensch ja noch haben dürfen!", entrüstet sich Herr Ludwig hinter ihr.

Stefana geht nicht weiter darauf ein, misst den Blutdruck von Baumgartner und fragt ihn voller Anteilnahme, wie er die Nacht überstanden hat.

„Folter, die reine Folter!", stöhnt er. „Und dann noch den da!" Er deutet mit dem Kopf auf Ludwig.

Stefana nickt mitfühlend. „Ich weiß, es ist unangenehm, wenn man sich nicht in seine gewohnte Schlafposition drehen kann", sagt sie. „Aber es dauert leider noch eine Weile, bis der Verband runterkommt, Herr Baumgartner. – Gleich gibt's Frühstück, die Herren!"

Und damit schiebt sie mich und den Wagen nach draußen. „Zwei komplizierte, langwierige Fälle", meint sie dort an mich gewandt.

Das exerzieren wir durch weitere acht Zimmer, dann haben wir die Runde geschafft und machen uns daran, das Frühstück auszuteilen.

Ich habe mir alle Mühe gegeben, mir die Namen der Patienten zu merken, aber ich habe die Hälfte schon wieder vergessen. Unglaublich, wie viele verschiedene Essen es gibt: Schonkost, Wunschkost, vegetarische Kost, pürierte Kost, Aufbaukost, sterile Kost, Diabetesdiät.

Zwei Patienten bekommen heute eine neue Hüfte eingesetzt. Deshalb dürfen sie nicht frühstücken. Aber Stefana lässt das Frühstück vorsichtshalber stehen, weil die Patienten es vielleicht nach der Operation noch möchten.

Es ist gar nicht so einfach, mit dem Tablett in der Hand die Tür aufzukriegen, ohne den Kaffee oder Tee überzuschwappen, und dann einen Platz zu finden, auf dem man das Tablett abstellen kann. Denn viele Nachttische sind voll mit Zeitungen oder Strickzeug, Tabletten und Blumen.

Nachdem das Frühstück verteilt ist, dürfen wir eine kleine Pause machen.

Alle Schwestern treffen sich im Schwesternzimmer und trinken Kaffee. Viele rauchen. Weil das verboten ist, steht das Fenster sperrangelweit offen, und die Schwestern halten ihre Zigaretten hinaus. Draußen ist es allerdings so windig, dass der Rauch wieder hereingeweht wird. Man sieht von hier oben auf den Krankenhausgarten, in dem ein paar mutige Patienten mit schlurfenden Schritten herumspazieren. Der Wind reißt an den Bademänteln, wirbelt rote und goldene Blätter durch die Luft und bringt ein bisschen Farbe in den grauen Tag.

Maschas Wangen glühen. „Ist es nicht wundervoll?“, flüstert sie mir zu.

„Wundervoll?“, frage ich entgeistert zurück.

„All diese Menschen, die auf unsere Hilfe angewiesen sind und die man mit ein paar freundlichen Worten glücklich machen kann“, schwärmt Mascha.

Gerade will ich ihr sagen, dass mir das ziemlich blödsinnig vorkommt. Mit so einem bisschen Blabla macht man doch niemanden glücklich!

Aber da unterbricht Schwester Karin schon meine Gedanken. „Mascha ist ein Naturtalent!“, stellt sie fest. Die anderen Schwestern schauen Mascha interessiert an.

„Ja“, erklärt Karin, „wo immer Mascha hereingekommen ist, haben sich die Patienten gefreut. Und wirklich erstaunlich, mit welcher Leichtigkeit sie Patientengespräche geführt hat.“ Karin legt Mascha ihren Arm auf die Schulter und klopft anerkennend. „Wirklich ganz toll!“

Patientengespräche? Gilt ein „Guten Morgen“ etwa schon als Patientengespräch? Ich dachte, heute wäre schweigendes Mitgehen angebracht. Ich hätte mich gar nicht getraut, die Patienten anzusprechen, vor lauter Angst, ich könnte etwas Falsches sagen. Woher hat Mascha gewusst, wie man das macht?

„Was hat sie denn zum Beispiel gesagt?“, frage ich Karin deshalb widerwillig, aber auch gespannt.

Karin schaut mich lächelnd an. „Tja, nicht ganz einfach zu erklären. Wir waren bei Frau Geishegger, in Zimmer 118. Sie hat eine schlimme Gelenkentzündung und starke Schmerzen."

„Und was hat Mascha zu ihr gesagt?"

„Als Mascha gesehen hat, dass auf dem Nachttisch eine Menge Fotos von einem Hund stehen, hat sie gefragt, wie der Hund heißt. Was Frau Geishegger zu einem Gespräch verleitet hat."

Das kommt mir nicht gerade wie eine wunderheilende Glanzleistung vor. Ich hätte mich wahrscheinlich gefragt, was es zu bedeuten hat, wenn Fotos vom Hund neben dem Patientenbett stehen, statt Fotos von Menschen.

„Und das", fährt Schwester Karin fort, „war umso sensationeller, als Frau Geishegger schon seit zwei Wochen außer Ja und Nein nichts mehr gesagt hat."

Hmm, hätte ich vielleicht auch noch mehr auf die einzelnen Patienten achten sollen? Mir wäre nicht mal aufgefallen, wenn Herr Ludwig ein Spitzennachthemd angehabt und gerahmte Gurken auf seinem Nachttisch gestanden hätten. Ich habe immer nur auf Schwester Stefana geachtet.

Stefana drückt ihre Zigarette aus und schließt das Fenster. „Jetzt wollen wir mal frühstücken, sonst sind wir nicht fertig, bis die Visite kommt. Und wir sollten unbedingt fertig sein, denn heute beglückt uns wieder der Pariser!"

Die Schwestern stöhnen genervt, einige sagen: „Oh nee!"

Kaum haben wir uns hingesetzt, stürmt ein kleiner

Mann im weißen Kittel herein. Ausgestattet mit etlichen Geräten, die schwer an seiner Brusttasche herabhängen, und mit Gummihandschuhen an den Händen. „Ah, die Damen lassen sich's also wieder mal gut gehen!“, dröhnt er durch den Raum und starrt Stefana missbilligend an. „Los, los, wir haben nicht den ganzen Tag Zeit. In drei Minuten ist Visite, und dazu brauche ich Sie!“

Stefana richtet sich zu ihrer vollen Größe auf. „Herr Dr. Wiener, wir machen die Visite in einer halben Stunde, genauso wie wir das vorhin vereinbart haben. Vorher ist das Frühstück nicht abgeräumt!“

Dr. Wiener rümpft seine fleischige Nase. „Wenn Sie Ihren Allerwertesten jetzt bewegen würden, dann könnten Sie in drei Minuten so weit sein.“

„Dr. Wiener, so geht das nicht.“ Stefana spricht mit ihm, als wäre er ein Selbstmörder, den man von der Dachkante zurückhalten muss. Sehr, sehr freundlich, aber bestimmt. „Ich möchte nicht, dass Sie in diesem Ton mit mir sprechen. Und wenn Sie zehnmal der Oberarzt sind. Ich werde mich über Sie beschweren!“

„Tun Sie, was Sie nicht lassen können!“, schnaubt Dr. Wiener. „Und geraucht haben Sie auch schon wieder! Das werde ich melden.“

Mascha und ich schauen uns an und verkneifen uns ein Grinsen. Dr. Wiener hat anscheinend keine Ahnung, dass er wie Rumpelstilzchen wirkt. Nur trägt Rumpelstilzchen keine Gummihandschuhe.

Stefana hat sich wieder hingesetzt und bestreicht demonstrativ ein halbes Brötchen mit Pflaumenmus. „Wollen Sie auch eins?“, fragt sie Rumpelstilzchen, woraufhin Schwester Karins Grübchen sichtbar werden. Mascha und ich können nur mühsam ein Lachen unterdrücken.

Leider bemerkt er es doch und baut sich drohend vor uns auf. „Was gibt's denn hier zu lachen? Lernschwestern! Na, da geben Sie ja ein gutes Beispiel ab, Stefana. So wird der Nachwuchs versaut. Oder habt ihr heute schon irgendwas gelernt?"

Mascha wird rot und schaut auf ihre unkorrekten Schuhe. Und mir reicht es jetzt. Wieso lassen sich die Schwestern das gefallen? Ich hatte zwar kein Latein in der Waldorfschule, aber immerhin habe ich doch gelernt, dass niemand das Recht hat, sich so zu benehmen! Ich würde vor Wut platzen, wenn ich jetzt nicht meinen Mund aufmache.

Außerdem flößen mir Männer, deren beginnende Glatze ich von oben anschauen kann, keine Angst ein.

„Ja", sage ich also und sehe auf ihn runter. „Wir haben heute schon die allerwichtigste Lektion gelernt. Nämlich die, dass man am meisten erreicht, wenn man freundlich und respektvoll miteinander umgeht."

Stille breitet sich aus, senkt sich wie Nebel über das Zimmer. Man hört nur noch das Röcheln der Kaffeemaschine.

Dr. Wiener heftet seine Augen auf mein Namensschild. „Lernschwester Lilly Podeschwa", sagt er, so wie ein Kannibale sagen würde: *Erfreut, Sie in meinem Kochtopf zu begrüßen.* Und fügt noch hinzu: „Den Namen werde ich mir merken. Wir sehen uns sicher in den Orthopädiestunden der Schwesternschule."

Und das klingt in meinen Ohren, als ob der Kannibale

gesagt hätte: *Und Sie geben bestimmt ein vorzügliches Mittagessen ab. Ich weiß nur noch nicht, ob ich Sie mit oder ohne Beilage verspeise.*

Dann dreht er sich um und geht. Er schließt die Tür widerlich sanft. Als wollte er damit zeigen, wer am längeren Hebel sitzt.

Stefana hat fertig gegessen, klatscht in die Hände und schickt die Schwestern wieder an die Arbeit. Sie winkt mich zu sich. „So sehr ich deine Courage bewundere, das war ein Fehler. Dr. Wiener ist mächtig in diesem Krankenhaus, und er hasst Frauen, die ihm auf den Kopf spucken können. Damit wären wir also schon zwei! – Und jetzt wollen wir die Tabletts abräumen und die Patienten für die Visite fertig machen."

Das waren dann die letzten ruhigen Minuten in dieser Schicht.

Wir durften zwar nur zuschauen, aber das war auch schon sehr anstrengend. Ich habe versucht, mir zu merken, was man alles beachten muss, wenn man die Patienten wäscht, Betten bezieht, Verbände kontrolliert und Infusionen neu herrichtet, aber bestimmt habe ich nur einen Bruchteil behalten. Dann war es schon Zeit für die Übergabe von Schwester Stefana an die zweite Schicht. Gerade hatten sich alle im Schwesternzimmer hingesetzt, um die Patientendokumentation durchzugehen, da klingelt Herr Ludwig.

Stefana bittet mich, hinzugehen und nachzuschauen, was los ist.

„Sie, Fräulein Dings", sagt Herr Ludwig, „ich habe solche Kopfschmerzen, könnten Sie mir da nicht was bringen?"

„Dem bringen Sie besser etwas gegen seinen Kater!“, merkt Herr Baumgartner an.

„Da muss ich erst mit der Stationsschwester drüber sprechen“, erkläre ich ihm und komme mir so dumm vor.

Stefana ist gerade fertig mit der Übergabe, verspricht aber ihrer Kollegin, dass sie sich noch um Herrn Ludwig kümmern wird, bevor sie nach Hause geht.

Sie muss bei Herrn Dr. Wiener nachfragen, ob Herr Ludwig eine zusätzliche Schmerztablette nehmen darf. Zu diesem Gespräch nimmt sie mich mit, damit ich etwas lerne, wie sie grinsend erklärt.

Dr. Wiener ist entzückt über diese Gelegenheit. Von einem abgewetzten Lederdrehsessel aus hält er uns einen langen Vortrag. Was für Waschlappen manche Patienten seien, und das wäre einzig und allein Stefanas Schuld. Sie verhätschele die Patienten völlig unnötig. Er sei sicher, dass unter Schwester Stefanas Stationsleitung mehr Medikamente verschwendet würden, denn jemals zuvor in der Geschichte des Krankenhauses – ach was: in der Geschichte der Medizin überhaupt.

Stefana fragt ihn, ob er Herrn Ludwig das vielleicht gern selbst sagen möchte.

Dr. Wiener bläst seine Backen auf, krallt sich die Unterlagen, die vor ihm liegen, und wedelt damit vor Stefanas Gesicht herum. „Habe ich nicht genug zu tun? Hier sehen Sie den ganzen Papierkrieg, den ich führen muss. Da werden Sie doch wohl im Stande sein, solche Kinkerlitzchen selbst zu entscheiden.“ Damit wendet er sich wieder seinem Schreibtisch zu, und wir sind entlassen.

„Ja, aber was passiert denn jetzt?“, frage ich völlig verwirrt nach.

„Na, Herr Ludwig kriegt ein schönes Aspirin und fertig. Ich muss Dr. Wiener immer nach seiner ärztlichen Meinung fragen. Wenn ich das nicht tue, schreibt er zu Recht einen Beschwerdebrief an die Pflegedienstleitung. Schließlich kann ein einfaches Aspirin zu einer Katastrophe führen. Wenn der Patient am nächsten Tag operiert wird, darf man zum Beispiel kein Aspirin geben, weil es Blut verdünnend wirkt.“ Mit einem kleinen Seitenblick fügt sie noch hinzu: „Außerdem frag ich ihn gerne, weil er sich immer so schön aufregt.“

Zurück im Stationszimmer, holt Schwester Stefana aus der Medikamentenkammer ein Aspirin, notiert es in der Patientendokumentation und gibt mir ein Plastikschälchen, damit ich es zu Herrn Ludwig transportieren kann.

Als ich die Tür öffne, fällt mir beinahe das Aspirin aus der Hand. Ein rothaariger junger Mann macht sich an Baumgartners Verband zu schaffen. Darf der das? Soll ich Stefana holen? Herr Ludwig amüsiert sich königlich über meinen Gesichtsausdruck.

Der junge Typ schaut zu mir auf, als er Herrn Ludwig lachen hört.

„Ah, eine Neue!“, stellt er mit einer angenehm sanften Stimme fest. „Ich bin Rufus Pfeiffer, der Krankengymnast.“

„Gell, Rufus“, sagt der Ludwig. „Die neue Lernschwester hat Superbeine, gell! Das Modell haben sie extra für uns angeschafft, Erlebnisaufenthalt Krankenhaus, gell?“

Baumgartner stöhnt auf. „Dieses blöde Geschwätz dauernd tut noch mehr weh als Ihre Behandlung!"

Rufus zwinkert mir zu. „Tut mir Leid, Herr Baumgartner, aber den Verband müssen wir abnehmen, sonst können wir unsere Übungen gar nicht machen."

Sein Hände lösen langsam den Knoten des Schulterverbandes. Dabei geht er sehr behutsam vor. Viel vorsichtiger, als wir das in der Schule geübt haben.

Rufus' Hände sind nicht besonders groß, aber er hat ungewöhnliche Fingernägel für einen Mann. Stark gewölbt mit großen weißen Halbmonden. Und an einer Hand blitzt ein goldener Ring auf. Das kann doch nicht sein! Ist Rufus so viel älter als ich? Der ist doch höchstens Anfang 20. Oder liege ich mit meiner Einschätzung mal wieder voll daneben? Ich mustere ihn ausführlich, das geht gerade gut, weil er mit dem Verband beschäftigt ist.

Nö, er hat keine Falten, eher ein weiches Gesicht. Oder wirkt das nur so, weil er so helle Augenbrauen hat?

Er schaut kurz zu mir auf, als hätte er meinen Blick bemerkt. Das ist mir peinlich. Normalerweise starre ich Fremden nicht ins Gesicht. Deshalb hole ich schnell ein Glas Wasser für Herrn Ludwig. Als ich damit an Ludwigs Bett komme, bemerkt er säuerlich, dass er sein Aspirin längst genommen hätte. Und mir fällt nichts anderes ein, als „Oh!" zu sagen.

Rufus beugt sich zum Glück gerade vor, um Baumgartner beim Aufrichten zu helfen. Dabei registriere ich, dass er seine roten Haare zu einem Pferdeschwanz zusammengebunden hat. Und ich dachte, Pferdeschwänze bei Männern wären längst ausgestorben.

„Du kannst gerne zuschauen, wenn du willst“, schlägt er vor.

Aber ich bin mir nicht sicher, ob ich das darf oder ob Stefana noch einen Auftrag für mich hat. Deshalb schüttle ich den Kopf. „Ich muss weiter, aber vielleicht klappt es demnächst.“

„Grüß Stefana von mir!“, sagt er noch.

„Tschüss, die Herren!“, verabschiede ich mich und gehe zurück zu dem Glasquader.

„Das hat aber lange gedauert, gab's Probleme?“, fragt Stefana.

„Nein. Ich habe nur kurz mit einem rothaarigen Krankengymnasten gesprochen, von dem soll ich Ihnen Grüße bestellen.“

„Rufus“, sagt Stefana, „der ist nett! Danke. Hast du dich vorgestellt?“

„Nein, daran habe ich gar nicht gedacht!“

„Das macht nichts, Rufus ist ganz unkompliziert. Dann eben nächstes Mal.“ Sie blickt zur Tür, als Mascha angehetzt kommt. Sie ist völlig außer Atem und läuft so schnell, dass sie beinahe über ihre eigenen Füße stolpert.

Stefana hält sie gerade noch am Ärmel fest. „Mascha, eine Krankenschwester sollte nicht grundlos durchs Krankenhaus rennen, das kann bei Patienten ein Gefühl von Panik auslösen.“

Sie mustert uns prüfend. Wir sehen bestimmt sehr unterschiedlich aus. Ich völlig müde und Mascha so frisch. „Eure erste Schicht ist zu Ende. Und, war's schlimm?“, fragt sie.

Mascha schüttelt den Kopf. „Nein, wenn es nicht so

blöd klingen würde, dann würde ich sagen, heute war einer der schönsten Tage meines Lebens."

Für eine Schleimerin hatte ich sie bisher noch nicht gehalten.

Hmm, wenn sie lügen würde, dann wäre sie allerdings auch eine großartige Schauspielerin. Ihre Augen glänzen, und ihre Mundwinkel sind verdächtig nahe bei den Ohren.

Stefana hat Maschas Antwort mit einem Stirnrunzeln quittiert und wartet noch auf eine Antwort von mir. Ja, wie fand ich es denn?

„Nö, schlimm war es nicht", sage ich dann, „aber anstrengend."

„Na dann, ab mit euch in die Garderobe", kommandiert Stefana. Das lasse ich mir nicht zweimal sagen und ziehe Mascha mit.

Schweigend schlüpfen wir aus unserer Tracht.

„Schade, jetzt sind wir wieder nur wir selbst!", sagt Mascha und wirft Hose und Oberteil in den Wäschesack.

„Wie meinst du das? *Nur wir selbst?*"

„Ich weiß auch nicht so genau, aber als Schwester ist man Teil eines großen Ganzen, das gefällt mir."

„Wir sind doch alle irgendwie Teile eines großen Ganzen, oder nicht?", frage ich nach, weil ich nicht sicher bin, ob ich sie richtig verstanden habe.

„Ich weiß nicht so genau, wie ich das erklären soll." Mascha setzt sich hin und zieht ihr T-Shirt über den Kopf. „Als Krankenschwester, da hat man eine wichtige Aufgabe ... und alle im Krankenhaus müssen zusammenarbeiten – und deshalb ist man dann mehr als nur man selbst.“ Sie schaut mich an, als wäre damit alles geklärt.

„Wieso bist du dann nicht gleich Nonne geworden?“, frage ich. „Da zählt der Einzelne auch nichts, nur die Gemeinschaft.“

Mascha schüttelt nachdenklich ihre Locken. „Du hast überhaupt nichts verstanden ... na ja, wie sollte eine Komikerin wie du so was auch kapieren?“

Die Leier schon wieder! Wie mich das nervt! Ich bin keine Komikerin. Aber bevor ich mich richtig aufregen kann, grinst Mascha längst wieder friedlich. „Außerdem wäre Nonne nichts für mich, dazu habe ich Jungs viel zu gern.“ Sie grinst noch breiter. „Schau mal, das habe ich mir doch nicht machen lassen, damit es niemand sieht.“ Mit diesen Worten dreht sie sich um, zieht ihr Höschen ein Stück herunter und zeigt auf ihren Po.

Da wächst genau aus der Mitte ihres Pos eine kleine tätowierte Rose.

Ich werde einfach nicht schlau aus ihr. Eben noch benimmt sie sich wie Mutter Teresas kleine Schwester, und jetzt das!

Ein Schlüssel dreht sich in der Tür. Mascha zieht ihr Höschen wieder hoch und schlüpft in ihre Cargohose.

Karin kommt herein. „Und, gab es irgendwelche Probleme?“

„Nein, keine“, sage ich. „Aber eins würde ich noch gern wissen: Wieso nennt ihr Dr. Wiener eigentlich den *Pariser*?“

Karin und Mascha sehen sich an und wollen sich ausschütten vor Lachen. „Was ist denn daran so komisch?“, frage ich nach.

„Ich dachte eigentlich an eine Frage zu den Patienten oder zu den Abläufen", erklärt mir Karin.

„Da habe ich alles kapiert. Danke."

„Dann ist es ja gut. Wir sehen uns morgen. Seid pünktlich – und Mascha, denk bitte an die richtigen Schuhe!"

Mascha und ich machen uns auf den Heimweg durch den trüben Nachmittag. Mir tun die Füße ziemlich weh, und so schlurfe ich genauso schweigsam wie heute Morgen durch raschelnde Blätterhaufen. Eine Zeit lang kommt es mir so vor, als wollte Mascha mir etwas erzählen. Aber ich bin viel zu müde, um noch weiter mit ihr über das Krankenschwesterndasein zu philosophieren. Ich will nur noch meine Beine hochlegen.

Lieber, lieber Halldór,

es gibt so viel zu erzählen. Von meinen ersten Tagen im Krankenhaus und von der Schule und von einem Pariser (nein, nicht das, was du denkst). Aber da wir sonst schon jede Mail-Etikette missachten und seitenlange E-Mails schreiben, beschränke ich mich auf mein Wochenende. Eigentlich wollte ich mich letztes Wochenende wirklich mal hinter meine Bücher klemmen. Aber am Samstag habe ich mit Jonas eine Radtour gemacht, und danach war ich zu nichts mehr zu gebrauchen. Ehrlich, Halldór, das war das Bizarrste, was ich je erlebt habe.

Jonas ist schon beinahe in Ohnmacht gefallen, als ich mit meinem alten Drahtesel aufgekreuzt bin. „Damit fährst du Rad?“, hat er mich gefragt, als wäre ich mit einem Traktor gekommen. Dabei ist mein schwarzes Hollandrad einwandfrei. Und wozu brauche ich auch schon mehr als drei Gänge? Frankfurt ist platt wie eine Flunder (Apropos, du hast mir immer noch nicht verraten, was du frühstückst!).

Jonas' Rad sah aus wie ein nervöser Drahthaufen. Dünn, spillerig und glänzend. Wie frisch von der Tour de France. Er hat mir dann auch gesagt, dass er jedes Jahr die Tour um den Henninger Turm mitfährt und schon ganz ordentlich abgeschnitten hat.

Er hatte ein Auto gemietet, was ich echt süß fand. Zuerst. Dann sind wir in den Odenwald gefahren – aber nicht in die Nähe meiner Eltern. Romantisch, dachte ich, endlich mal raus aus der Großstadt. An einem roten Haus in irgendeinem Tal hinter Jugenheim hat er angehalten und seine Kampfsportmaschine vom Dach geholt. Nirgends ein Hinweis auf Picknickkorb oder Decke. Das einzig Trinkbare war in einer Flasche. Seiner Trinkflasche. Ich hatte nichts mit.

Und stell dir vor, Halldór, dann deutet der Typ auf einen Forstweg und meint, dass wir jetzt diesen Berg rauffahren. Ich hab gedacht, er will mich auf den Arm nehmen, aber es war sein voller Ernst. Und als ich mit meinem Hollandrad gleich an der ersten Steigung gescheitert bin, weißt du, was er da gemacht hat? Er hat gesagt: „Tschüss, wir treffen uns oben!"

Ich war noch nie allein im Wald. Überall nur Bäume und Gestrüpp und kein Mensch unterwegs.

Würdest du so was machen? Es war zwar ein schöner sonniger Oktobertag, aber der Wind war kühl und ziemlich kräftig und hat jede Menge rotbraune Blätter herumgewirbelt. Ich bin wirklich kein Angsthase, doch es kam mir ständig so vor, als würde es überall bedrohlich im Gebüsch rascheln. Ich hatte auch gehört, dass es dort Wildschweine geben soll. Deshalb bin ich total erschrocken, als es neben mir auf einmal sehr laut geknackt hat. Dachte, gleich frisst mich eine Kompanie Wildschweine, aber es waren nur zwei Rehe.

Untersteh dich zu lachen, Halldór. Ich bin eben nicht so ein Naturkind wie du.

Irgendwann bin ich völlig verschwitzt an einer Hütte angekommen, Dachsberghütte oder so. Es ging immer nur den Berg hoch. Nie war der Weg mal gerade, nur steil, steil, steil!

Gerade als ich das Rad abgestellt und einmal ordentlich Luft geholt hatte, rast ein Typ an mir vorbei den Hang hinunter. Jonas!

Winkt, ruft: „Bis gleich!“, und zisch, weg war er! Von wegen in der freien Natur rumknutschen. :- (

Ich bin dann auch wieder runtergefahren und dabei zur Krönung an einer Stelle mit kleinen, rutschigen Kieselsteinen gestürzt. Mir ist nichts Schlimmes passiert. Nur meine Knie waren völlig zerschrammt.

Kannst du dir so was vorstellen? Ich meine, wie kann jemand, der mich ein bisschen kennt, auf die Idee kommen, dass ich eine Megasportlerin bin?

Unten hätte ich Jonas am liebsten erwürgt. Aber er hat von all dem nichts gemerkt und mich gefragt, ob ich es auch so klasse gefunden hätte. Und jetzt würden wir wieder zurück nach Frankfurt fahren. Er war bester Stimmung, erzählte mir, er hätte seine eigene Rekordzeit gebrochen und so weiter blablabla.

Ich war wütend auf mich selbst. Hätte ich mir das nicht denken können? Wieso habe ich mich nur in so einen romantischen Schwachsinn hineingesteigert? Warum wollte er überhaupt mit mir zusammen fahren? Als ich ihm genau diese Frage stellte, sah er mich groß an und sagte: „Na, ist doch klar, zu zweit macht alles viel mehr Spaß, oder nicht?“

Ohne Worte!

Den Rest des Wochenendes war ich völlig platt. Muskelkater im Hintern, blaue Flecke vom Sturz und eine leichte Erkältung.

Sorry, jetzt habe ich dir die ganze Zeit die Ohren voll gequatscht. Wie geht es dir? Und wer ist Solveig? Von der hast du mir bis jetzt noch nie etwas erzählt, aber allein schon ihr Name, *der Weg der Sonne,* klingt viel spannender als Ingibjörg.

Tausende neugierige Küsse aus der Ferne!
Deine Lilly

Abrasiert

Mascha war letzte Nacht nicht in ihrem Zimmer. Das weiß ich, weil die Wände so dünn sind, dass man deutlich hören kann, wenn im Nebenzimmer jemand hustet oder Musik spielt.

Und bei Mascha war es genauso totenstill wie am Wochenende. Als sie heute Morgen nicht aufgetaucht ist, bin ich alleine zum Krankenhaus losgestiefelt.

Wo sie wohl war? Ob sie einen Liebhaber für ihr Tattoo gefunden hat? Eigentlich geht mich das nichts an, wo und mit wem sie ihre Nächte verbringt. Aber nur mal angenommen, es würde etwas passieren, dann wüsste niemand, wo sie zu erreichen ist. Ich bin gespannt, ob sie pünktlich zur Schicht aufkreuzt. Ich schlüpfe in meine hässlichen weißen Turnschuhe und schließe meine Spindtür ab.

Noch zwei Minuten, bis wir auf der Station anfangen müssen. Nicht, dass ich unglücklich wäre, wenn Mascha mal ein kleinen Rüffel kriegt, schließlich heimst sie die ganze Zeit die Lorbeeren ein. Vor allem unsere Mentorin Karin ist hingerissen von Maschas stetiger guter Laune.

„Hallo Lilly, kannst du mir mal helfen? Sonst komme ich viel zu spät!“

Mascha stürmt zur Tür herein und sieht aus, als hätte sie der Novemberwind direkt ins Zimmer geweht. Ihre

Haare sind vüllig verstrubbelt und ihre Kleider verknittert. Die Bluse ist falsch zugeknöpft.

„Womit könnte ich dir denn helfen?“, frage ich und überlege schon wieder, wo sie wohl herkommt. Sie wirkt nicht besonders glücklich, wie sie da hektisch in ihrem Rucksack wühlt.

„Meine Bürste suchen, ich finde sie nicht.“ Sie wirft mir ihren Rucksack zu.

Na gut, ich opfere mich. „Soll ich wirklich in deinen Sachen rumkramen?“

„Ja, und jetzt beeile dich bitte!“, fleht Mascha.

Das gefällt mir. Sie sollte mich öfter anflehen. Zuerst greife ich nur zaghaft in den Rucksack. Doch als ich ihre Ungeduld bemerke, stülpe ich ihn um und schüttle den Inhalt heraus.

„Unglaublich, was du alles spazieren trägst!“, stelle ich fest. Da liegt ein Zahnputzset neben Zahnkaugummis, Parfum, Lippenbalsam, zwei Haargummis, einem Schlüsselbund, Schokoriegeln, zwei Kondomen, einer Zeitung, einem Höschen, benutzten Taschentüchern und noch einigen undefinierbaren bunten Plastikteilen. Vielleicht Spielsachen aus Überraschungseiern. Ich halte die Kondome hoch. „Sieht nicht aus wie eine Haarbürste!“

Mascha blickt erschrocken zu mir herüber. „Oh nein! Und was jetzt? So kann ich doch unmöglich auf Station arbeiten.“

„Stimmt. Ich habe einen Kamm. Ich glaube aber nicht, dass der für deine Lockenpracht das Richtige ist. Damit kommst du gar nicht durch.“

„Egal, ich versuch’s, her damit.“

Ich sperre meinen Spind wieder auf und gebe ihr den Kamm.

„Oh Mist, Zähne putzen muss ich auch noch“, stöhnt Mascha und zwängt sich in ihre Hose. „Geh doch schon vor, wenn du willst. Reicht ja, wenn ich alleine einen Anschiss kriege“, schlägt Mascha mit zusammengepressten Zähnen vor. Ihr steigen Tränen in die Augen, während sie wie wild mit dem Kamm an ihren Locken reißt. Manchmal bringt es doch Vorteile, wenn man bloß Spagetti-Haare hat.

„Nö, ich warte auf dich“, erkläre ich großzügig. „Aber nur, wenn du mir sagst, wo du heute Nacht warst.“

Mascha hält kurz inne. „Ist doch egal!“ Sie lächelt, um die Abfuhr netter wirken zu lassen, aber es nützt nichts.

„Dann eben nicht.“ Elende Geheimniskrämerin.

„Dieser Gesichtsausdruck steht dir nicht!“, stellt sie fest, nimmt genervt ihre verknoteten Haare zu einem Strang zusammen und zieht einen Haargummi drüber.

„Beeil dich lieber!“, sage ich und ärgere mich, dass ich so neugierig war. Ihr Privatleben sollte mir wirklich egal sein.

Als wir endlich auf Station 24 ankommen, begrüßt uns Schwester Stefana freundlich. „Na Gott sei Dank, ich habe schon Angst gehabt, ihr hättet euch auch mit Grippe ins Bett verabschiedet. Wir sind völlig unterbesetzt. Das heißt, wir werden heute ein Sparprogramm absolvieren. Waschen werden wir bloß dort, wo es unbedingt nötig ist. Ihr müsst Aufgaben übernehmen, die ihr eigentlich nur mit Karin oder mir zusammen machen solltet. Aber was hilft es? Wir sind knapp, und Karin ist auch noch krank geworden.“

Sie nippt an einem Becher Kaffee. „Iiih, der ist ja kalt."

Mascha stürzt hilfsbereit an die Kaffeemaschine. „Ich koche welchen, und dann gehen wir sofort los."

„Schwester Stefana!", dröhnt Mr Rumpelstilzchen durch die Station.

„Wie ich gerade feststelle, sind die Anordnungen des Chefarztes von heute Morgen noch nicht befolgt worden! Das wird er nicht gerne hören."

„Dann ersparen Sie ihm diese unangenehme Nachricht!", schlägt Stefana vor. „Sie sehen doch, dass wir völlig unterbesetzt sind."

Rumpelstilzchen mustert Mascha und mich. „Wenn Sie Ihren Nachwuchs härter anpacken würden, dann wären die auch in der Lage, gute Arbeit zu leisten. Zu meiner Zeit mussten Schwestern übrigens ein vorbildliches Äußeres aufweisen." Er mustert Maschas Haare abfällig. „Aber so wie die zwei hier aussehen, bezweifle ich, dass sie eine ärztliche Anweisung *lesen* ..." – er macht eine drohende Kunstpause – „geschweige denn *verstehen* können!"

Mascha läuft rot an, Stefana stöhnt, und ich wünsche mir, ich hätte eine schlagfertige Antwort parat, die ich ihm an den Kopf schleudern könnte. Aber mir fällt keine ein.

„War das alles, Dr. Wiener, oder hatten Sie uns noch etwas Wesentliches mitzuteilen?", will Stefana wissen, und ich frage mich, wie sie so ruhig bleiben kann.

Statt zornig aufzustampfen, zieht Rumpelstilzchen nur die Augenbrauen hoch. „Die OP-Vorbereitungen müssen Sie heute leider auf Station vornehmen. Wir haben nämlich das gleiche Problem wie Sie. Zwei OP-Schwestern sind ausgefallen."

Stefana holt Luft, um dagegen zu protestieren, aber da ist Dr. Wiener schon weg.

„Unglaublich, auch das noch!", stöhnt sie. Sie geht zum Tisch, nimmt eine Zigarette aus einer Schachtel, zündet sie an und inhaliert kräftig. Dann fällt ihr Blick auf uns. „Habt ihr OP-Vorbereitung in der Schule schon durchgenommen?"

Mascha und ich nicken. Wieso nicke ich? Ich erinnere mich nicht die Spur daran.

„Sehr gut, dann wird Mascha sich aus ihrem Bereich Herrn Kreutzer von 123 für die Ellbogenplastik vornehmen. Und du, Lilly, wirst Herrn Ludwig für seine neue Hüfte vorbereiten."

„Herrn Ludwig?", frage ich nach, um sicherzugehen, dass ich sie richtig verstanden habe. „Aber der liegt doch schon länger hier. Ich dachte, der wird bald entlassen."

Stefana schüttelt den Kopf. „Schau mal", sagt sie und schlägt die Patientendokumentation auf. „Hier steht alles drin! Herr Ludwig ist zur OP-Vorbereitung ein paar Tage früher gekommen, weil er Herzprobleme hat, die vom Narkosearzt beobachtet werden mussten."

„Okay, na dann ist ja alles klar", lüge ich munter.

„Fein. Habt ihr noch Fragen?" Stefana wartet keine Antwort ab. „Dann teilt ihr bitte zusammen das Frühstück auf der kompletten Station aus, und ich werde die Vitalkontrollen durchführen. Kreutzer und Ludwig müssen natürlich nüchtern bleiben. Nach dem Abräumen bereitet ihr die beiden vor und rollt sie dann zur

OP-Schleuse. Und vergesst nicht, dass die Patienten vor so einem Eingriff in der Regel sehr nervös sind. Also regt sie nicht noch zusätzlich auf. Klar?"

Stefana drückt brutal ihre Zigarette aus, und ich bin fast sicher, dass sie beim Stummelzerquetschen intensiv an Dr. Wiener denkt.

„Natürlich", sagt Mascha. Schnell schieben wir die Container mit dem Frühstück zu den Zimmern und verteilen alles. Mascha hat ein sehr gutes Gedächtnis. Obwohl sie erst einmal in meinem Bereich unterwegs war, erinnert sie sich genau an die Namen der Patienten.

Ich hätte sie gern gefragt, was zur OP-Vorbereitung gehört, denn mir ist immer noch nichts eingefallen. Ich weiß genau, dass ich den Stoff gelernt habe, aber irgendwie bleibt das Zeug einfach nicht in meinem Kopf. Manchmal frage ich mich, ob ich da oben überhaupt ein Gehirn habe oder bloß Pudding.

Als wir das letzte Tablett wieder eingesammelt haben, tue ich ganz locker. „Na, Mascha, wie wirst du Herrn Kreutzer vorbereiten?"

Mascha schaut mich mit großen Augen an. „Genau so, wie wir das gelernt haben. Ich überprüfe in den Unterlagen, ob er mit dem Anästhesisten gesprochen und alle Einverständniserklärungen unterschrieben hat. Schaue nach, ob seine Werte in Ordnung sind. Dann werde ich die entsprechenden Stellen rasieren, danach soll er sich duschen und frische Sachen anziehen. Was soll das eigentlich? Glaubst du, ich weiß nicht mehr, wie man das macht? Meinst du, weil ich heute nicht zu Hause geschlafen habe, wäre mein Gehirn gleich außer

Betrieb, oder was soll das?" Mascha hat sich richtig in Rage geredet.

„Mach mal halblang", sage ich deshalb schnell. „Ich wollte nur sicher gehen, dass wir an alles denken, okay?" Ich schäme mich ein bisschen, weil ich sie angelogen habe. Aber wieso sollte ich ihr gestehen, dass ich mich an nichts erinnern kann? So etwas Dämliches gesteht man doch nur seiner Freundin. Und wir sind definitiv keine Freundinnen. Wirklich nicht!

„Na dann, good luck, wir sehen uns an der OP-Schleuse", sagt Mascha, dreht sich um und geht.

Oh Gott. Dann muss ich jetzt ganz allein *ver-ant-wort-lich* Herrn Ludwig für seine neue Hüfte vorbereiten ... Was passiert, wenn ich etwas falsch mache?

Ich lege mir im Schwesternzimmer alles auf einem sterilen Tablett bereit. Handschuhe, Rasierer, Desinfektionslösung. Dann schaue ich in der Patientendokumentation nach, ob er alle Erklärungen unterschrieben hat und Puls, Blutdruck et cetera heute genauso stabil waren wie die letzten drei Tage. Dann mache ich mich auf. Und sage mir immer wieder: Ganz ruhig bleiben. Er wird operiert, nicht du. Du solltest ihm Mut zusprechen, lustig sein und keine Panik verbreiten.

Ich atme tief durch und reiße beherzt die Tür zu Herrn Ludwigs Zimmer auf. „Hallo! Na, Herr Ludwig, wie geht es Ihnen? Jetzt ist es endlich so weit. Heute kriegen Sie Ihre neue Hüfte!"

„Super", kommt es vom Nachbarbett, „dann bin ich endlich mal ein paar Stunden von seinem öden Gequatsche befreit. Wie lange genau dauert denn diese OP, Schwester?", fragt Baumgartner.

Mist, ich habe natürlich keine Ahnung. Woher auch?

„Äh …“ Ich räuspere mich. „Das lässt sich schwer sagen. Falls Sie es ganz genau wissen möchten, dann sollten Sie Dr. Wiener fragen, der ist unser Experte.“ Gut gemacht, Lilly!

Herr Ludwig hat heute keinen einzigen lockeren Spruch parat. Er sieht sogar ein bisschen gelb aus. Bestimmt ist er aufgeregt. Ich sollte es mit einem Scherz versuchen. „Haben Sie Ihr Testament denn schon gemacht?“, frage ich. Ludwig wird jetzt bleich. Ich auch. Super Witz, wirklich großartig, Lilly! Ich sollte Torsten in Zukunft besser zuhören, dann hätte ich auch Witze auf Lager, die zur Situation passen.

„Ach, der ist zäh, der stirbt noch lange nicht“, kommt es missgelaunt vom Nachbarbett.

Herr Ludwig entspannt sich etwas. „Ich würde Ihnen ja gern den Gefallen tun, Baumgartner, aber ich gönne meiner Frau die Lebensversicherung nicht.“ Herr Ludwig versucht, mich anzulächeln. „Die würde ich lieber mit so einem jungen Ding hier verprassen!“

Baumgartner stöhnt wieder. „Dieses Stammtischgeschwafel ist so was von grauenhaft und niveaulos!“

Ich mische mich ein, bevor der Streit eskaliert.

„Herr Ludwig, bevor Sie duschen gehen, muss ich Sie noch rasieren.“

Und in der Sekunde, in der ich das sage, wird mir ganz heiß. Rasieren bei Hüftoperation heißt: Oberschenkel und der gesamte Genitalbereich vorne und hinten!

Natürlich weiß ich, wie Männer nackt aussehen. Aber die Penisse, denen ich bisher begegnet bin, gehörten zu Jungs, in die ich unsterblich verliebt war.

Das hier ist eine völlig neue Situation! Was ist, wenn sich bei dem Patienten etwas rührt? Tut man dann so, als würde man nichts merken? Oder sind die Patienten derart verängstigt wegen der Operation, dass sie sowieso keine Erregungen mehr fühlen? Oh Gott, und was, wenn mir der Rasierer ausrutscht? Ich bin ganz sicher, dass wir diese Dinge nicht in der Schule besprochen haben. Das hätte ich mir gemerkt.

„Aber rasiert bin ich doch schon, Schwester Lilly!“, sagt Herr Ludwig und schaut mich unsicher an.

„Ja, im Gesicht. Allerdings müssen auch die Operationsflächen völlig glatt und keimfrei sein. Deshalb werden wir Sie dort rasieren, und zwar sehr großflächig. Am besten drehen Sie sich erst mal auf den Bauch!“

Gute Idee von mir, da kann ich nicht so viel falsch machen. Ich atme tief ein und aus. Sei ganz ruhig, Lilly. Alles wird gut.

„In Ordnung, weil Sie es sind, Schwester Lilly. Den anderen Drachen würde ich da nicht ranlassen!“, versucht jetzt Herr Ludwig einen Witz und dreht sich um.

„Seien Sie bloß nicht zu zimperlich, Schwester Lilly, gehen Sie richtig ran!“, gibt Baumgartner seinen Senf dazu.

„Oh ja, Rangehen ist gut!“, murmelt Ludwig leise in sein Kopfkissen.

Ich habe schreckliche Angst. Wie wild schüttle ich die Dose mit dem Rasierschaum, verteile den Schaum dann gründlich und streiche sehr behutsam mit dem Rasierer über Ludwigs Haut. Zum Glück hat er nicht viele Haare an Oberschenkeln und Rücken.

Mir graut vor dem Moment, wenn er sich umdrehen

wird. Soll ich dann sagen: Könnten Sie so nett sein und Ihren Penis auf die andere Seite legen, oder mache ich das mit meinen Gummihandschuhhänden? Vielleicht ist er ja auch so winzig, dass er gar nicht im Weg ist … Ja genau, bestimmt wird es so sein. Der Schreck wird nur ein bisschen schrumpelige Haut übrig lassen. „So, Herr Ludwig, könnten Sie sich bitte umdrehen?"

Herr Ludwig dreht sich um. Ich sehe, dass Herr Baumgartner ebenfalls herüberstarrt. Und da fällt mir ein, dass ich bestimmt einen Wandschirm zwischen die Betten hätte stellen müssen. „Herr Baumgartner, würden Sie bitte woandershin schauen?", frage ich und hoffe, dass man mir nicht anhört, wie kurz ich davor bin, in Tränen auszubrechen. Was für ein Fiasko. Der arme Mann wird gleich operiert und ist so einer inkompetenten Schwester wie mir ausgeliefert.

Von wegen klein und schrumpelig. Herr. Ludwig ist prächtig ausgestattet. Kein Wunder, dass Baumgartner so neugierig geschaut hat. Ich setze die Klinge auf seine Leistengegend und hoffe, dass sich nichts rühren wird.

Die Tür schwingt auf. So machen Männer die Tür auf. Lieber Gott, lass es bitte nicht Dr. Wiener sein! Die Schritte gehen zu Baumgartners Bett.

„Wieso haben Sie das *Bitte-nicht-eintreten-Licht* denn nicht angeschaltet?", fragt eine freundliche, aber erstaunte Männerstimme.

Als ich aufsehe, erkenne ich Rufus, der mich anlächelt. Ich glaube, ich werde rot. Ich weiß, ich sollte souverän darüber stehen, aber ich tu es nicht.

Rufus dreht sich zur Tür und schaltet den Knopf ein. Dann fragt er Herrn Ludwig, ob er mit der Krankengymnastik bei Herrn Baumgartner lieber warten soll, bis ich fertig mit ihm bin.

Herr Ludwig scheint die Situation mittlerweile zu genießen und findet es völlig okay, wenn Rufus dableibt. Schrecklich! Jetzt komme ich mir noch mehr beobachtet vor. Was Rufus wohl denkt? Bestimmt hat er das schon oft gesehen und weiß genau, was ich falsch mache. Aber ich rasiere weiter. Der Gedanke, dass Dr. Wiener hier wutschnaubend aufkreuzen könnte und fragt, wo der Patient so lange bleibt, lässt mich weitermachen.

„Wichtig ist, die Haut nicht zu verletzen, weil sonst Keime eindringen und Infektionen auslösen können", murmele ich leise vor mich hin und konzentriere mich auf meine Arbeit.

Da tippt mir jemand auf die Schulter. Rufus. „Darf ich dir vielleicht helfen? Ich habe das schon sehr oft gemacht. Bevor ich Krankengymnast wurde, habe ich Krankenpfleger gelernt." Er beugt sich über mich. Sein Körper ist warm und duftet angenehm nach Kakao.

Ich schwanke einen Moment. In die merkwürdige Stille hinein, die sich im Raum ausbreitet, sagt Herr Ludwig: „Also, Schwester Lilly macht das so schön, die braucht keine Hilfe."

Rufus grinst. „Das denke ich mir. Aber für die Operation muss ein bisschen gründlicher rasiert werden." Er geht zum Schrank neben der Badezimmertür und holt sich Latexhandschue. Verreibt Desinfektionslösung auf seinen Händen und nimmt mir den Rasierer sanft, aber bestimmt aus der Hand.

In meinen Gummihandschuhen müssen schon Pfützen von Angstschweiß stehen. Ich bin unendlich erleichtert, dass mir jemand die Verantwortung abgenommen hat. Und was sehe ich da? Rufus schrappt mit dem Rasierer über die Haut, wie ein Spargelschäler über Spargelstangen. Und in wenigen Minuten ist alles vorbei.

„So, Herr Ludwig, und jetzt noch eine kleine Dusche, dann wären wir so weit", sage ich und helfe ihm beim Aufstehen.

„Na endlich!", nörgelt Baumgartner. „Dass um den Ludwig immer so ein Theater gemacht wird!"

Rufus hat seine Handschuhe wieder ausgezogen und löst Baumgartners Verband.

Ich stehe rum, warte auf Herrn Ludwig und weiß nicht, ob ich mich bei Rufus bedanken soll. Oder nein, nicht jetzt, das mache ich lieber unter vier Augen. Müssen die Patienten ja nicht mitkriegen. Vielleicht hat er nachher kurz Zeit. „Rufus", fange ich an.

„Später", sagt Rufus. „Okay?"

Ich helfe Herrn Ludwig wieder ins Bett, bereite alles Weitere vor und rolle ihn zur Schleuse. Dort werden die Patienten auf den sterilen Operationstisch umgebettet.

Je näher wir der Schleuse kommen, desto bleicher wird Herr Ludwig wieder. „Glauben Sie, dass ich das überlebe?", fragt er mich leise.

„Na klar. Außerdem: Wer sollte sonst Baumgartner das Leben zur Hölle machen?", sage ich und denke, wenn er meine Rasur überlebt hat, dann ist doch diese Hüftoperation ein Klacks für ihn!

Er grinst ganz schwach. „Werden Sie da sein, wenn ich aufwache?"

Ich schüttle den Kopf, streichle aber kurz seinen Arm. „Nein, das nicht, aber morgen Früh sehen wir uns. Dann haben Sie ein schickes neues Hüftgelenk und tanzen schon wieder Cha-Cha-Cha!“

Zwei Pfleger wollen Herrn Ludwig auf die Operationsliege helfen, doch er besteht darauf, dass er das alleine kann. Er wirft mir einen letzten Blick zu, dann verschwindet er mitsamt der rollbaren Liege in der Schleuse, und ich frage mich, wie es mir gehen würde bei dem Gedanken an eine Vollnarkose. Hätte ich auch Angst, dass ich nicht mehr aufwache?

Nachdenklich schiebe ich das Bett zurück zur Station. Es muss neu bezogen werden, bevor Herr Ludwig wieder abgeholt wird.

In dem Glasquader steht Rufus und spricht mit Stefana. Ob er ihr erzählt, wie dämlich ich mich angestellt habe?

Die beiden winken mich zu sich.

„Lilly, es tut mir wirklich Leid! Ich habe nicht daran gedacht, dass Herr Ludwig deine erste Rasur war. Rufus hat mir berichtet, wie gut du das gemacht hast.“ Stefana lächelt mich entschuldigend an.

Meint Rufus das ernst? Ich suche seinen Blick und stelle fest, dass unsere Augen genau auf der gleichen Höhe sind. Die sehen lustig aus. Wie seine Haut. So grün. Nein, seine Haut ist natürlich nicht grün, sondern sommersprossig. Seine Augen sind grün und haben dunkle Sprengsel darin, die wie Sommersprossen im Auge wirken. Er zwinkert mir zu. Das bringt meinen Körper endlich dazu, wieder etwas langsamer zu arbeiten, den Alarm abzuschalten. Was sagt Stefana da gerade?

„... mit der Zeit wirst du dann von ganz allein ein bisschen resoluter und schneller. Und jetzt brauche ich dringend eine Zigarette. Dr. Wiener hat schon dreimal angerufen und gefragt, wo Ludwig bleibt." Sie reißt das Fenster auf und zündet sich eine Zigarette an.

„Du wirst noch an Lungenkrebs sterben, wenn du so weitermachst!", sagt Rufus und grinst Stefana an.

„Von Pferdeschwanzträgern lasse ich mir grundsätzlich keine Ratschläge geben." Stefana zieht genüsslich den Zigarettenrauch ein. „Nach einem Gespräch mit dem Pariser gibt's nur zwei Alternativen: Valium oder Zigaretten. Und jeder sucht sich das Vergnügen, das zu ihm passt. Apropos Vergnügen, wie läuft's mit deiner Frau?"

„Großartig!", sagt Rufus, aber das warme Lächeln, das sich gerade noch in seinem Gesicht gespiegelt hat, ist verschwunden.

In diesem Moment kreuzt Mascha auf. Ihre Augen glänzen, und ihre jetzt offenen Haare umschweben ihren Kopf wie kleine Sonnenfeen.

„Wo warst du so lange?", will Stefana wissen.

„Ich musste kurz telefonieren", erklärt Mascha. „Tut mir Leid."

„Mir auch", stellt Stefana trocken fest. „Das kannst du in Zukunft auch von hier aus machen. Und bitte lauf nicht mit offener Mähne hier herum. Das ist unhygienisch!"

Maschas Wangen verfärben sich etwas. Ob sie es eigentlich hasst, dass sie so oft rot anläuft?

„Okay!", sagt Mascha und sucht in ihrer Kitteltasche nach einem Haargummi.

Als sie keinen findet, reicht ihr Rufus einen. „Den habe ich immer in Reserve dabei."

Ich bin tatsächlich eine Sekunde lang neidisch auf diesen Haargummi.

Stefana drückt ihre Zigarette aus. „Bin ich vielleicht froh, wenn diese Erkältungswelle endlich vorbei ist!"

„Ich muss auch weitermachen!", lässt sich Rufus vernehmen und verabschiedet sich.

„Und wir werden uns jetzt ums Mittagessen kümmern, alles klar, Mädels?", fragt Stefana und geht mit uns zum Lift, um die Container mit den Essen abzuholen. Und dann arbeiten wir bis zum Schichtende ohne Pause und zum Glück auch ohne größere Pannen.

Der Künstler

„Schon wieder eine Party!“ Jonas starrt Eva an, als hätte sie eine unappetitliche, hoch ansteckende Krankheit. „Es kommt mir so vor, als ob ihr das Schwesterndasein mit einem *Happy-Fun-Eiscreme*-Werbespot verwechselt. Wir sollten lieber den Stoff lernen.“

Was ist denn mit dem heute los? Ist er immer noch sauer, weil ihm jemand sein ganzes Biomüsli weggegessen hat? Oder ist er so unausgeglichen, weil es jetzt schon seit über einer Woche ununterbrochen schüttet und er im Regen Rad fahren muss?

Eva schaut trotzig zu Jonas. „Du musst ja nicht kommen, wenn du keine Lust hast. Aber ich mache auf jeden Fall eine Feier. Außerdem war ich bei der letzten nicht dabei.“

Jonas verdreht die Augen. „Na gut, aber eines sage ich euch gleich: Ich werde den Saustall hier danach nicht aufräumen. Die Küche ist auch so schon eklig genug!“ Er lässt den Blick über ein paar schmutzige Teller und Töpfe wandern. „Es grenzt sowieso an ein Wunder, dass wir nicht alle Schimmelpilzvergiftung haben. Und eigentlich brauche ich auch meinen Schlaf, am Wochenende will ich eine große Tour mit dem Rad machen – wenn das Wetter endlich besser wird.“

Eva lächelt beruhigend und tänzelt um ihn herum. „Jonas, entspann dich. Du wirst sehen, es wird richtig nett. Außerdem kannst du dann endlich mal wieder ein echtes Männergespräch führen. Ich habe nämlich die BWL-Studenten vom sechsten und siebten Stock eingeladen. Da ist bestimmt auch was für euch dabei, Lilly und Mascha."

Als ihr Name fällt, zuckt Mascha, die die ganze Zeit geistesabwesend aus dem Fenster geschaut hat, zusammen. „Was soll denn das jetzt heißen?", fragt sie und wird rot.

Wieso wird sie rot? Hab ich was überhört? Hat Eva eine Anspielung gemacht?

„Die Jungs sind im besten Alter", setzt Eva zu einer Erklärung an. „Einige kommen aus reichen Familien und –"

„Eva, manchmal widerst du mich einfach an. Immer redest du über Männer, als wären sie Waren, die man im Supermarkt kauft, benutzt und dann in den Müll wirft!" Damit verschwindet Mascha aus der Küche und lässt uns ziemlich verdutzt zurück. Mascha regt sich sonst nie so auf.

Während wir ihr noch hinterherstarren, steckt Torsten den Kopf zur Küchentür herein. „Was war denn mit Mascha los?", fragt er. „Sie ist gerade wortlos an mir vorbeigerauscht."

Eva zuckt mit den Schultern. „Keine Ahnung, es ging nur um die Party bei mir heute Abend und um die BWL-Studenten, die ich eingeladen habe ... Oder soll ich die Party doch wieder absagen?", fragt Eva ein bisschen verunsichert in die Runde.

„Quatsch, spinnst du? Vielleicht ist ja auch ein süßer Typ für mich dabei!", sagt Torsten.

„Außerdem finde ich auch, dass wir eine Abwechslung verdient haben!“, stelle ich fest und blicke Jonas direkt in die Augen. „Es gibt nicht nur Spinnen, sondern auch Schmetterlinge, nicht nur Regen, sondern auch Sonne.“

„Was ist denn das für eine hausgemachte Kleinmädchenphilosophie?“, fragt Jonas und macht eine Scheibenwischerbewegung vor seinen Augen.

Erstaunlicherweise lässt mich das kalt. Überhaupt lässt er mich seit unserer Radtour total kalt. Der kann mir gestohlen bleiben. „Na ja“, erkläre ich also weiter. „Ich wollte damit sagen, dass man nicht nur von morgens bis abends lernen oder Hochleistungssport machen muss, sondern auch ein bisschen Spaß haben darf. Das gehört doch alles zusammen. Spannung und Entspannung, Tag und Nacht, Sommer und Winter.“

„Genau!“, sagt Torsten.

„Schmetterlinge und Spinnen“, murmelt Jonas verächtlich vor sich hin und verlässt die Küche. „Schmetterlinge!“

„Na, das kann ja eine heitere Party werden!“, stellt Eva mit Blick auf Jonas' Abgang fest. „Ich hab den Jungs gesagt, sie sollen Getränke mitbringen. Torsten, kannst du Pizzen backen?“

Torsten nickt. „Klar, aber dazu brauche ich viele fähige Assistenten.“

„Du kriegst einen. Lilly hat sowieso nichts Besseres zu tun!“, behauptet Eva.

„Hey, das ist unfair!“, widerspreche ich.

„Quark, im wahrsten Sinne des Wortes! Lilly, du als bezaubernde Naturschönheit brauchst vor der Feier keine Gurkenmasken aufzulegen wie ich." Mit diesen Worten stürmt Eva davon.

Torsten und ich sehen uns an und ergeben uns unserem Schicksal. „Wenn ich noch einen Blick in unser *Pflege-heute*-Buch werfen muss, kriege ich sowieso Schreikrämpfe!", sage ich.

Wenige Stunden später ist die Party in vollem Gang. Von den vier Riesenblechen Tomaten-Knoblauch-Pizza sind nur noch die verkrusteten Backbleche übrig geblieben und warten darauf, dass sie sauber gemacht werden. Von mir bestimmt nicht. Meine Hände sind vom Teigkneten noch ganz müde.

Jonas ist trotz seiner Proteste gekommen. Rügül ist auch da. Sie kenne ich immer noch nicht so richtig, obwohl wir ja nicht erst seit gestern auf demselben Flur wohnen. Irgendwie wirkt sie schon sehr erwachsen. Und mit ihren schmal gezupften Augenbrauen auch so fein und etwas streng. Ich komme mir immer wie ein kleines Mädchen vor neben ihr. In dem dunkelroten langen Kleid, das sie heute trägt, sieht sie umwerfend aus – und hat auch einen Bewunderer gefunden. Sie unterhält sich schon den ganzen Abend mit einem der attraktivsten Typen, die bei uns aufgekreuzt sind: Boris.

Eva ist enttäuscht, weil nicht alle Jungs von oben gekommen sind. Sie steht neben mir und gibt Kommentare zu jedem einzelnen von ihnen ab. Mir ist schleierhaft, woher sie diese Informationen hat.

„Boris", sagt sie, „Boris fährt einen Golf. Gut aussehend, aber Langweiler. – Oh, hallo Jonas!", sagt sie. Ihr Gesicht hellt sich auf, als Jonas sich zu uns gesellt. Der hat auch endlich wieder gute Laune und entschuldigt sich sogar bei mir dafür, dass er mich vorhin so dumm angequatscht hat.

„Ach, Schwamm drüber!“, sprudelt es auch schon aus mir heraus, und ich wundere mich über mich selbst. Gerade war ich noch ziemlich böse auf ihn. Seit unserem missglückten Radausflug hat er keine Anstalten mehr gemacht, mir näher zu kommen. Ich weiß nicht, ob ich darüber froh oder traurig sein soll.

Viel mehr als Jonas interessiert mich aber momentan, wer der Typ ist, mit dem Mascha sich schon seit Stunden unterhält. Mascha schaut ihn an, als wäre er Mr Wonderman persönlich. Dabei ist er nur ein bisschen größer als sie und hat eine breite, gerade Nase, die er beim Sprechen immer etwas rümpft. Das wirkt unglaublich arrogant. Interessant ist sein Outfit. Während die meisten Studenten aussehen, als hätte Mami ihnen den gelben Cashmere-Rolli für die Party gebügelt, trägt er ein weißes Hemd mit einer toll bestickten Weste. Er würde in einem Hollywoodfilm als Impressionist durchgehen. Was Mascha wohl so lang mit dem zu bereden hat?

„Eva“, sage ich betont gelangweilt, „wer ist denn der Typ da drüben, dem Mascha aus der Hand frisst?“

„Künstler!“, schnaubt Eva derart abfällig, dass er für mich sofort noch interessanter wird.

„Und wo kommt der her?“, frage ich. „Du hast doch nur die BWL-Studenten eingeladen.“

„Ich habe ihn auch nicht eingeladen. Er wohnt in einem der Zimmer, das ein BWL-Student untervermietet hat. Studiert Kunst. Kein Auto.“

„Ist das ein Grund, so die Nase zu rümpfen?“, fragt Jonas, der uns zugehört hat. „Der sollte einen Orden kriegen. Jeder, der in dieser verpesteten Stadt auf ein Auto verzichtet, ist ein Held!"

„Typisch Radfahrer!", sagt Eva und fügt dann noch böse hinzu: „Sag mal, stimmt es eigentlich, dass Profiradfahrer meistens impotent werden?" Sie grinst mich an, aber ich höre den beiden schon nicht mehr zu, denn dieser Künstler geht gerade zum Kühlschrank. Endlich eine Chance, mit ihm ins Gespräch zu kommen. Ich will nur wissen, was Mascha so toll an ihm findet. Das ist alles.

„Hi", sage ich und schaue kokett zu ihm runter. Viele kleine Männer lieben große Frauen. Schade nur, dass es umgekehrt nicht so ist.

„Hi", antwortet er. „Wer bist du denn? Die Göttin der Bohnenstangen?"

Blödmann, denke ich und verspüre den dringenden Wunsch, es ihm heimzuzahlen. Was sage ich denn jetzt? Es muss etwas Lustiges sein, das ihm zeigt, dass er den Humor nicht für sich gepachtet hat.

„Du hast Recht, ich bin Lilly, die Göttin der Bohnenstangen. Und ich heiße sogar Gartenzwerge in meinem Reich willkommen." Ich lächle dabei und hoffe, dass es hinreißend aussieht. Da, er verzieht wieder seine Nase. „Tut mir Leid, Bohnenstange, als Zwerg interessiere ich mich eher für Schneewittchen", sagt er und deutet auf Mascha.

Mascha ist blond. Ist er farbenblind? Obwohl ich mich über den Typ nur aufregen muss, gehe ich mit ihm zu Mascha. So leicht lasse ich mich nicht abschütteln.

„Das ist Alex", stellt sie ihn mir vor. Als wäre er eine Berühmtheit, die jeder kennen müsste.

Alex trinkt einen Schluck Bier. „Ist die Bohnenstange deine Freundin?", fragt er Mascha.

„Ja", sagt Mascha sofort, und ich stoße gleichzeitig ein heftiges „Nein" hervor. Mascha wird schlagartig rot.

„Interessant!", stellt er fest. „Die Bohnenstange will also nicht deine Freundin sein."

Mascha wird noch röter und spielt mit der Gürtelschnalle, die auf ihren Hüften baumelt. Wieso behauptet sie auch, dass wir Freundinnen wären. Wo wir doch meistens nur streiten! Ich möchte das Thema auf etwas anderes bringen. Schließlich habe ich immer noch nichts über diesen Alex erfahren. „Und du studierst Kunst?", frage ich also.

„Wo hast du denn diesen Quatsch her?", will er amüsiert wissen. Wenn er lächelt, öffnen sich seine hübschen Lippen, und man sieht seine großen Zähne.

„Dachte nur so ...", murmele ich und verfluche Eva. Wieso hat sie mir das erzählt, wenn es nicht stimmt?

„Ich studiere das Leben!", lässt er sich dann zu einer Erklärung herab.

„Alex ist Künstler, weißt du. Er hat sein Atelier am Mainufer." Mascha hat sich wieder gefangen und schaut ihn mit leuchtenden Augen an.

„Und was für Kunst machst du da?", frage ich.

Jetzt verdreht er die Augen und stöhnt so laut, dass Eva und Jonas zu uns herschauen. „Was ist das wieder für eine blöde Frage? Mascha, ehrlich, wieso hast du mich zu dieser Party geschleppt? Das Niveau hier ist unterirdisch. Nächstes Mal treffen wir uns wieder bei mir!"

Aha. Klingt ganz so, als ob die beiden sich schon länger kennen.

Mascha läuft erneut rot an. „Tut mir Leid ... Aber Lilly ist doch gerade erst 17 geworden und kommt aus dem Odenwald, da hat man eben noch keine Ahnung von solchen Dingen."

Ich verschlucke mich an meiner Schorle. Was soll denn das heißen? Sie kommt aus dem Odenwald? Dass da nur Bekloppte wohnen? Mascha sollte diesem eingebildeten Vollidioten lieber sagen, dass sein Ton das Letzte ist. Stattdessen entschuldigt sie sich auch noch für mich! Ich glaub, ich spinne!

„Das Einzige, was hier unterirdisch ist, Alex, das ist dein Benehmen. Mascha, ich finde, wir sollten gehen!", sage ich und ziehe Mascha am Ärmel.

Mascha schüttelt den Kopf. „Halt dich da raus, Lilly."

Es kommt mir vor, als würde ich Mascha zum ersten Mal sehen. Ihr pausbäckiges Gesicht mit diesen flehenden Augen darin. Jetzt ist mir klar, wo Mascha neulich über Nacht geblieben ist. Beim Künstler.

„Nicht nötig zu gehen, Bohnenstange. Ich habe sowieso die Schnauze voll von dem Kindergarten hier." Alex lässt seinen Blick über die Partygäste schweifen und schüttelt sich dezent, als wären wir eine Horde Schweine, die sich vergnügt, aber unendlich dumpf im Schlamm wälzt.

„Gute Idee, wir brauchen hier nämlich auch keinen Gartenzwerg-Picasso, der sich für was Besseres hält!"

Mascha nimmt Alex' Hand, der sie aber gleich wieder abschüttelt. „Lass uns zu mir gehen", sagt sie zu ihm.

Mir wird schlecht von diesem demütigen Ton. Ist Mascha verrückt geworden? Und dieser Alex ziert sich auch noch.

„Dort sind wir ungestört", flüstert Mascha. „Außerdem habe ich den Wein besorgt, den du so gerne magst."

Ich tippe mir an die Stirn und zeige den beiden einen Vogel.

Mascha wirft mir einen wütenden Blick zu. „Lilly, lass das. Es ist wie mit dem Singen. Es gibt Dinge, von denen hast du keinen blassen Schimmer!"

Alex mustert mich ungläubig. „Singen? Kann die Bohnenstange etwa singen?"

Mascha schüttelt den Kopf, deutlich erleichtert darüber, dass er wieder mit ihr spricht. „Na ja, singen kann man das nicht nennen, eher *Geräuschbelästigung*."

„Das ist ja süß", sagt der Künstler. „Müsst ihr sie dann auch fesseln, wenn ihr eine Party macht, so wie Troubadix?" Fesseln scheint ihm zu gefallen. Seine Augen wandern über meine Beine, als würde er für ein passendes Seil Maß nehmen.

Und Mascha, eben noch zu Tode betrübt, verkneift sich kaum das Lachen und sagt: „Nein, das ist nicht nötig, denn zum Glück erledigt sie das immer gleich selbst."

Was für eine Gemeinheit! Es war *ihr* Vorhang, der *mich* gefesselt hat! Wo ist das große, scharfe Pizzamesser hingekommen? Ich möchte ihr so gern diesen unpassenden Heiligenschein aus Haaren abschneiden. Was fällt ihr ein? Ich bin nett zu ihr – na ja, okay, ich bemühe mich, nett zu sein –, und sie macht sich lustig über mich. Wie gut, dass ich vorhin gesagt habe, dass sie nicht meine Freundin ist.

Ich habe keine Lust mehr auf diese Party. Ich will nur noch in meine Zelle.

Hastig stürze ich an Eva und Jonas vorbei, behaupte, ich hätte mich an der Pizza überfressen, und beeile mich, in mein Zimmer zu kommen.

Aber meine Pein ist für heute noch nicht beendet.

Gerade als ich mich hingesetzt habe, um Halldór eine Mail über diesen Superabend zu schreiben, und mich über Mascha auszulassen, dröhnt aus ihrem Zimmer Musik zu mir herüber.

So billiger Schmusesoftsongschrott. Aber nicht nur Musik dringt an mein Ohr, nein, auch solche widerlichen kleinen Geräusche. Man kennt das ja aus schlechten Filmen. Merkwürdiges Seufzen und kieksendes Aufstöhnen. Fehlt nur noch, dass ihr Bett quietscht. Aber dann fällt mir ein, dass bei Mascha alles auf dem Boden liegt. Wie außerordentlich rücksichtsvoll!

Trotzdem stelle ich mir vor, was die beiden jetzt wohl treiben. Überlege mir, ob Alex ihr Tattoo künstlerisch genug findet. Wann hat Mascha ihn nur kennen gelernt? *Ich* falle nach der Arbeit immer nur noch todmüde ins Bett ...

Schon wieder so ein Geräusch.

Nein, ich bin überhaupt nicht neidisch! Ich möchte gar nicht im Arm von jemandem liegen und glücklich sein! Denn ich will nie wieder verlassen werden. Ohne ein Wort. Einfach so. Nie, nie wieder. Und deshalb kommt es überhaupt nicht infrage, im Arm von irgendwem herumzuliegen.

Wie einen hämischen Kommentar zu meinen Gedanken höre ich Mascha leise lachen. Doch, man kann zu zweit glücklich sein, sagt ihr Lachen und macht mich noch einsamer. Ich hasse sie.

Böser Fehler

Heute warte ich nicht auf Mascha. Neuerdings kommt sie dauernd zu spät. Soll sie doch. Ist mir egal. Seit sie ihren Künstlerfreund mit freundlichen Anmerkungen über meine Fessel- und Sangeskünste ergötzt hat, sehe ich durch sie hindurch wie durch Luft.

Als ich im Stationszimmer ankomme, erwartet mich Stefana schon ungeduldig. „Seit heute Nacht sind wir noch knapper an Personal. Diese Grippewelle macht wirklich vor nichts Halt." Sie reibt sich die Augen. „Ich musste die Nachtschwester schon früher ablösen, weil sie derart hohes Fieber bekommen hat, dass sie einfach nicht weiterarbeiten konnte. Ich wäre euch also sehr verbunden, wenn ihr gleich loslegen würdet. Karin ist übrigens immer noch krank geschrieben ... Wo ist Mascha?", fragt sie müde und zündet sich eine Zigarette an. Sie steht auf, als wollte sie das Fenster öffnen, aber dann winkt sie ab. „Ach, was soll's."

Was sage ich denn jetzt? Erfinde ich eine Ausrede für Mascha, und oder lasse ich sie voll auflaufen? Sie ist nicht meine Freundin, schlimmer: Sie ist eine ziemlich bescheuerte Person. Aber sie so hängen lassen?

„Hat Mascha denn nichts erzählt? Sie musste, glaube ich, zum ... ähh ... Zahnarzt. Vielleicht ist sie irgendwo im Stau stecken geblieben."

„Sehr gut", seufzt Stefana erleichtert, „das heißt immerhin, dass Mascha nicht auch noch die Grippe hat. Könntest du bitte schon mal das Frühstück austeilen?" Sie hebt entschuldigend die Hände. „Ich würde dir gern jemanden zur Seite stellen, aber du siehst ja selbst ... Fang mit deinem Bereich an, wenn Mascha dann immer noch nicht da ist, machst du auch ihren mit. Aber wirf bitte vorher einen Blick in die Patientendoku. Gestern war schon wieder ein verkehrtes Mittagessen dabei. Der Name stand richtig drauf, nur leider war das Essen falsch. Zum Glück hat Herr Baumgartner gleich erkannt, dass dieses frittierte Knusperschnitzel nicht seine Schonkost sein kann."

Ich nicke, auch wenn ich am liebsten gleich wieder kehrt machen und nach Hause gehen würde. Hoffentlich kommt Mascha bald.

Mittlerweile kenne ich die 16 Patienten in meinem Bereich ein bisschen besser, und das mag ich sehr. Weil man sich da ganz anders unterhalten kann. Die Patienten von Mascha habe ich nur ein paar Mal gesehen. Bei ihnen weiß ich nie, was ich sagen soll, wenn ich ins Zimmer komme. Ich meine, außer so stereotypen Sachen wie *Guten Morgen.* Manchmal frage ich mich auch, ob ein Patient, der von oben bis unten in einem Gipskorsett gefesselt ist, es nicht als Hohn empfindet, wenn man fröhlich *Guten Morgen* ins Zimmer blökt.

Stefana sagt, das sei das Beste, was wir Schwestern tun können. Fröhlichkeit und Optimismus zu verströmen. Darüber gäbe es sogar wissenschaftliche Untersuchungen.

Nachdem ich bei meinen Patienten jede Menge Frohsinn verbreitet habe, ist Mascha immer noch nicht da.

Im Stationszimmer ist auch niemand. Stefana ist mit den Patientenunterlagen unterwegs. Was mache ich jetzt, wenn ich die Patientendokumentation nicht einsehen kann? Warten, bis Stefana wieder hier ist? Das dauert doch viel zu lange, oder?

„Haben Sie eigentlich nichts zu tun, oder wieso lungern Sie hier faul rum?", fragt da der beliebteste Arzt der ganzen Station, das Würstchen.

Er baut sich so vor mir auf, dass mir sofort der Pinscher unseres Nachbarn zu Hause einfällt, wenn er sich vor unserem Bernhardiner wichtig machen will.

Ich beiße mir auf die Zunge, um nicht zu grinsen. Dann versuche ich, ihm zu erklären, warum ich untätig hier herumstehe.

„Ich soll das Frühstück austeilen, aber Stefana hat gesagt, dass ich vorher unbedingt noch ..."

Er unterbricht mich und zeigt auf die große Uhr an der Wand. „Das ist unglaublich: Acht Uhr, und die Patienten haben kein Frühstück. Hier herrschen Zustände! Legen Sie los! Und zwar ein bisschen dalli!" Er klatscht in die Hände, als wäre ich ein Pudel, der zum Apportieren angetrieben werden muss. Das möchte ich mir keine Minute länger gefallen lassen. Also schiebe ich den Container-Wagen mit dem Frühstück in Maschas Bereich und mache mich an die Arbeit.

Dort liegen momentan keine Frischoperierten oder Patienten, die eine spezielle Diät brauchen. Das weiß ich noch, weil ich gestern mit Mascha gemeinsam das Frühstück ausgeteilt habe.

Nur die Frau im Zimmer 126 kenne ich nicht. Ich stelle mich kurz vor und frage sie, ob sie einen speziellen

Wunsch hat oder irgendetwas Besonderes braucht. Zum Glück steht ihr Name auf dem Bett. Deshalb kann ich sie mit Frau Korda ansprechen, so als wüsste ich, wer sie ist und warum sie hier liegt.

Sie lächelt, aber ihr Blick ist misstrauisch. „Wo ist denn die nette blonde Schwester von gestern?“, fragt sie mich, als wäre ich gekommen, um sie zu vergiften. Ich hasse Mascha.

„Die nette Schwester musste leider zum Zahnarzt“, lüge ich gekonnt. „Und ich vertrete sie so lange. Hier ist Ihr Frühstück.“

Frau Korda schaut mich unsicher an. „Danke“, sagt sie, „das ist ja nett. Dann haben Sie mit der anderen darüber gesprochen, oder?“

Ich habe nicht den leisesten Schimmer, wovon sie redet, aber wenn ich jetzt nachfrage, was sie eigentlich meint, dann verliert die Patientin jedes Vertrauen in unsere Klinik. Also nicke ich. Daraufhin stürzt sich die Patientin geradezu auf ihr Essen und sieht auch gleich viel besser aus.

Na, dann habe ich wenigstens *einen* Menschen heute glücklich gemacht.

Als ich mit dem leeren Container zurück zum Stationszimmer komme, ist Mascha endlich da. Sie wirkt erschöpft. Es kommt mir vor, als würde sogar ihr Haar schlapp herabhängen.

„Hast du schon mit Stefana gesprochen?“, frage ich sie.

„Nein, noch nicht. Ist sie sehr sauer?“

„Ich habe ihr gesagt, dass du beim Zahnarzt bist“, erkläre ich ihr und finde mich ziemlich nett.

„Echt?“ Mascha reißt ihre verquollenen Augen auf und starrt mich an. „Das hast du für mich getan, obwohl du seit dieser Party kein Wort mit mir gewechselt hast?“

„Ich habe deinen Patienten sogar Frühstück serviert.“

„Danke.“ Mascha geht einen Schritt auf mich zu, als wollte sie mich umarmen, aber da kommt schon Dr. Wiener mit wehendem Kittel angerauscht. Er sieht aus, als würde er gleich platzen vor Zorn.

„Wer? Wer zur Hölle hat der Patientin von 126 Frühstück gebracht?“

Er starrt uns beide an. Ich wünschte, ich wäre Mascha und könnte guten Gewissens sagen, dass ich es nicht war. Meine Eingeweide verkrampfen sich, als hätte ich verdorbenen Fisch gegessen. Um Gottes willen! So, wie er aussieht, habe ich einen entsetzlichen Fehler gemacht. Aber was für einen?

„Ich“, flüstere ich und warte auf mein Todesurteil.

„Sie!“ Dr. Wiener durchbohrt mich mit Blicken, woraufhin meine Knie weich werden. So schlottrig. Was habe ich nur angestellt?

Zum Glück kommt jetzt Stefana dazu. „Was ist denn hier los? Lassen Sie meine Lernschwestern gefälligst in Ruhe.“

Dr. Wiener wirft mir noch einen vernichtenden Blick zu, bevor er sich an Stefana wendet. „Frau Stefana Mirkowicz.“ Er spricht ihren Namen langsam und drohend. „Dann erklären Sie doch bitte Professor Dobler, warum die Patientin von 126 heute nicht operiert werden kann.“

Stefana bleibt erstaunlich ruhig. „Ich bin sicher, Sie werden es mir gleich sagen. Also?"

„Eine ihrer unsäglichen Lernschwestern hat Frau Korda ein üppiges Frühstück serviert, das diese Patientin auch verspeist hat – und zwar bis auf den letzen Krümel!"

Stefana, deren blasses Gesicht kaum vom Kittel zu unterscheiden ist, wird noch bleicher. Sie starrt mich an, als könnte sie nicht glauben, was ihr da gerade erzählt wird.

Langsam dämmert mir, was ich gemacht habe. Das ist ja grauenhaft. Frau Korda kann nur operiert werden, wenn sie nüchtern ist. Aber normalerweise hängt doch ein *Nüchtern*-Schild am Bett. Wo war das? Ich werfe Mascha einen Blick zu. Mascha betrachtet ihre Fußspitzen. Dann schiebt sie ihre Schultern ruckartig nach hinten und räuspert sich.

„Herr Dr. Wiener, das ist meine Schuld", sagt sie.

Stefana unterbricht Mascha mit ungewohnt eisiger Stimme. „Halt dich da raus, Mascha. Das ist jetzt unerheblich. Das klären wir später."

Dr. Wiener spuckt, während er schreit. „Wie bitte, *un-er-heb-lich*? Nein, Frau Mirkowicz, das ist *unverantwortlich*. Das ist in diesem Krankenhaus noch nie vorgekommen! Sie wissen ganz genau, dass unsere OP-Termine auf Monate hinaus vergeben sind. Können Sie mir vielleicht sagen, wo und vor allem wann ich die Patientin dann wieder einschieben soll?"

Stefana hat sich wieder gefangen. „Dieser Fehler wurde auf meiner Station gemacht. Gehen wir zu Professor Dobler, damit ich ihm erklären kann, wie es dazu gekommen ist", schlägt sie vor. „Los, bringen wir es gleich hinter uns."

Dr. Wiener schrumpft wieder etwas. „Nicht nötig. In diesem Fall gibt es nichts zu erklären. Gar nichts! Ich habe Professor Dobler schon informiert."

Stefana sagt nichts. Sie sieht ihn nur fragend an.

Äußerst widerwillig teilt uns Dr. Wiener nach längerem Zögern mit: „Professor Dobler hat bedauerlicherweise Abstand davon genommen, sich bei der Pflegedirektion zu beschweren."

Stefana sieht erleichtert aus. „Gut. Dann haben wir ja alles so weit geklärt. Das Weitere regele ich mit meinen Schwestern intern. In Ordnung?"

Dr. Wiener zuckt mit den Schultern. Irgendwie ist es so, als hätte jemand die Luft aus seinem Körper gelassen. Aber so kann er offensichtlich nicht gehen. „Mag ja sein, dass Professor Dobler sehr nachsichtig mit solchen Fehlern ist. Aber da ich davon ausgehen muss, dass Sie nicht in der Lage sind, Ihre Station kompetent zu leiten, werde ich mir erlauben, ein ganz besonderes Auge auf Schwester Podeschwa zu haben!" Damit dreht er sich um und verlässt das Stationszimmer.

Stefana lässt sich auf einen Stuhl fallen und schlägt mit der Faust auf den Tisch. Weil das so unerwartet kommt, habe ich das Gefühl, als hätte man mir in den Magen getreten. „So." Sie fixiert Mascha und mich. „Und jetzt möchte ich wissen, wie so etwas passieren konnte!"

„Das ist alles nur meine Schuld", wiederholt Mascha noch einmal.

„Wieso das?", fragt Stefana.

„Weil ... weil ich gestern mit der Patientin ein langes Gespräch hatte."

„Ja und?" Stefana reißt ein neues Päckchen Zigaretten auf. „Also, ich höre!"

„Als ich gestern das *Nüchtern*-Schild an ihr Bett gehängt habe, da hatte Frau Korda solche Angst vor der Operation gekriegt. Ich habe versucht, sie zu beruhigen. So sind wir ins Gespräch gekommen. Und ... und dann habe ich das Schild wieder abgenommen. Weil ... ich weiß ja auch ohne Schild, dass sie nichts frühstücken darf heute."

„Lilly Podeschwa, du hättest vorher in der Doku nachsehen müssen. Hatte ich das nicht klar und deutlich gesagt?"

„Ja, aber, als ich auf Sie gewartet habe, da kam Dr. Wiener ..."

„Dr. Wiener ist mir egal. Der hat damit nichts zu tun. Wenn ich anordne, dass immer zuerst nachgeschaut wird, bevor ihr auch nur ein Stück Klopapier zum Patienten bringt, dann macht ihr das. Ist das jetzt ein für alle Mal klar!"

Ich fühle mich so, als hätte ich einen langen Boxkampf überlebt, würde aber gleich k.o. gehen. Was ist das für eine Ungerechtigkeit! Alle meckern mich an, dabei ... ach!

„Lilly", donnert Stefana weiter, „was wäre, wenn diese Frau, sagen wir mal, an einem Magengeschwür leiden würde und du ihr das falsche Essen gebracht hättest? Ich darf gar nicht daran denken. Man muss auch bei den kleinsten Sachen im Krankenhaus sehr, sehr sorgfältig sein. Katastrophen entstehen meistens nur durch eine Verkettung von winzigen Fehlern. Also sollten hier auch keine noch so winzigen Fehler vorkommen." Zur Bekräftigung schlägt Stefana noch einmal auf den Tisch.

Dann wendet sie sich Mascha zu. „So, Mascha, ich muss dir nicht sagen, dass das absolut unverantwortlich von dir war. Du kannst dich nicht einfach über wichtige Bestimmungen hinwegsetzen. Was dabei herauskommt, siehst du ja selbst." Stefana macht eine Pause und blickt Mascha lange an. „Und warum führst du lange Gespräche mit Patienten und teilst niemandem deine Erkenntnisse mit? Wir sind hier ein Team. Und funktionieren auch nur als Team. Wenn ich gewusst hätte, dass Frau Korda solche Angst vor der Operation hat, dann hätte ich ihr ein Beruhigungsmittel geben können. Oder sie gleich als Erste heute Morgen besuchen können. Es kann ja immer sein, dass jemand von uns überraschend zum Arzt muss." Sie sieht Mascha ironisch an. „Er hat wohl nicht gebohrt, oder?"

Maschas Wangen verfärben sich glutrot.

„Es ist wünschenswert, dass wir viel von den Patienten wissen. Alles, was mit der Krankheit zu tun hat, ist besonders wichtig. Nur so können wir hier adäquate Pflege leisten." Stefana steht auf und schaut aus dem Fenster in einen trostlosen Novembertag.

Sie öffnet es und wedelt den Rauch mit einer matten Handbewegung nach draußen. Dann schließt sie das Fenster und dreht sich zu uns. „Jetzt müssen wir an die Arbeit. Ich erwarte von euch, dass solche Fehler nicht wieder vorkommen. Wenn ihr etwas nicht wisst, dann verflucht nochmal, seht zu, dass ihr diese Lücke füllt!"

Damit verlässt sie den Raum.

Mascha und ich starren uns an. „Es tut mir Leid!“, sagt Mascha.

„Ja, ja. Und mir erst!“, pampe ich sie an mit all dem aufgestauten Zorn der letzten Viertelstunde. „Du stehst da wie die hessische Mutter Teresa, die sich stundenlang mit Patienten unterhält. Wie edel! Doch dann bedeuten sie dir nicht mal so viel, dass du pünktlich zur Arbeit kommst. Und ich darf es ausbaden!“

„Aber, Lilly“, setzt Mascha an.

Ich habe nicht die geringste Lust, ihr zuzuhören. Ist mir völlig egal, wo sie war und warum sie zu spät gekommen ist. Nein, stimmt nicht, der Gedanke, dass sie wahrscheinlich mit dem Künstlergartenzwerg eine heiße Nacht verbracht hat, macht mich noch wütender. Denn Tatsache ist doch, dass Dr. Wiener mich jetzt auf dem Kieker hat. Und mit Stefana hab ich's mir wahrscheinlich auch verscherzt. Was gibt es da also noch zu reden?

„Ich muss dringend Herrn Ludwig in die Physiotherapie bringen. Er wartet schon seit einer Viertelstunde auf mich. Mach's gut, Mascha!“, sage ich und schwöre mir, dass Mascha ein für alle Mal für mich gestorben ist.

Ich hole Herrn Ludwig ab und schiebe ihn mit großen, wütenden Schritten in einem Spezialrollstuhl durch den Gang zum Aufzug nach unten.

„Die Therapie dauert ungefähr eine halbe Stunde“, sagt die weiß gekleidete Assistentin an der Theke im Empfangsbereich und übernimmt Herrn Ludwig .

Als ich nicht gleich antworte, schaltet sich Herr Ludwig ein. „Hey, Schwester Lilly, Sie kommen doch wieder? Sie sehen so komisch aus ...", scherzt er, und ich schäme mich, weil ich mir meinen Kummer so stark habe anmerken lassen.

Ich versuche zu lächeln. „Klar, Herr Ludwig. Ohne Sie ist die Station wie ein James-Bond-Film ohne Hauptdarsteller. Bis später."

Ich drehe mich weg. Aber irgendwie hat der Versuch zu lächeln Tränen in meine Augen schießen lassen. So geht das nicht! Lilly, reiß dich zusammen. Ich mache mich wieder auf den Weg und halte nach einem Klo Ausschau, aber ich sehe keines. Weil ich suchend auf dem Gang herumgeschaut habe, statt vor mich zu gucken, laufe ich in jemanden rein. Das hat mir noch gefehlt.

„Hoppla, wir kennen uns doch. Hallo Lilly!", sagt ein freundlicher, junger Typ in Jeans und weißem Rollkragenpullover.

Eine Sekunde lang fällt mir nicht ein, wer das ist, aber dann, zusammen mit dem Geruch von Schokolade und den roten Haaren wird mir klar, dass es Rufus ist. Ohne seine Tracht sieht er ganz anders aus.

„Was ist denn los?", fragt er nach einem Blick in mein Gesicht.

„Nichts!", antworte ich tapfer. „Wirklich."

Aber leider tropft dabei eine Träne auf meine Wange.

„Ja", stellt Rufus trocken fest, „das sieht original wie nichts aus. Wie wäre es, wenn wir einen Kaffee trinken? Ich habe gerade Dienstschluss."

„Das geht nicht. Wir sind sowieso viel zu wenig Leute auf der Station. Ich muss sofort zurück."

„Aber so bringt das doch auch nichts. Warte mal." Er

geht zu einem Telefon und ruft auf Station 24 an. „Stefana“, flötet er in den Hörer und zwinkert mir zu. „Ja, hallo, ich brauche eure Lernschwester Lilly noch für einen winzigen Moment hier. Außerdem kann sie dabei auch etwas lernen, ist das okay?“

An der Art, wie er sich den Hörer ein wenig vom Ohr weghält, kann ich – trotz meines nassen Schleierblicks – erkennen, dass Stefana nicht sehr erbaut davon ist.

„Okay, Stefana, dann ist sie also in einer halben Stunde spätestens zurück, danke!“ Damit legt er auf und lächelt mir verschwörerisch zu.

Prima, wenn das herauskommt, dann kriege ich wieder einen Anschiss, geht es mir durch den Kopf.

„Wir müssen einen Ort finden, an dem Dr. Wiener garantiert nicht aufkreuzt, sonst kann ich auf keinen Fall mitkommen“, sage ich etwas enttäuscht, weil ein solcher Ort meine Vorstellungskraft übersteigt. Dr. Wiener lauert für mich überall.

Rufus nimmt mich bei der Hand. „Dann verschwinden wir aufs Dach. Dort bin ich ihm noch nie begegnet.“

Er zieht mich zum nächsten Aufzug, im sechsten Stock steigen wir aus und gehen noch drei Treppenabsätze weiter nach oben, durch einen dunklen Speicher zu einer Eisentür.

Rufus nimmt den Schlüssel, der an einem Haken daneben hängt, und sperrt auf.

Und dann stehen wir auf einem winzigen, windumtosten Balkönchen, einer Art Plattform zwischen zwei höheren Dächern, die mit einem schmiedeeisernen Gitter gesichert ist.

Von hier aus liegt einem ganz Frankfurt zu Füßen. Obwohl heute ein asphaltgrauer Wolkenhimmel über die Stadt hinwegfegt, bin ich von dem Panorama mit den Hochhäusern und dem dazwischen aufblitzenden Main völlig hingerissen.

Für einen Moment vergesse ich alles um mich herum. Ich wische die Tränen weg und staune. „Wow, das ist ja wunderschön!"

Rufus' Pferdeschwanz wirbelt im Wind herum. „Ich liebe diesen Platz auch. Hier gehe ich hin, sooft ich kann, und seit ich nicht mehr rauche, esse ich einen Schokoriegel."

Er zaubert einen Riegel aus der Tasche und teilt ihn mit mir. „Das hilft bestimmt. Möchtest du mir erzählen, was passiert ist, oder sollen wir einfach nur die Stadt anschauen?"

Ich blicke ihn von der Seite an und antworte spontan: „Einfach nur die Stadt anschauen. Sonst nichts."

„Okay!" Er beißt in seine Hälfte und betrachtet Frankfurt.

Meine Augen wandern über das Hochhauspanorama, und ich merke, wie ich langsam ruhiger werde.

Ich finde es immer noch ungerecht, dass ich wegen Mascha so einen Ärger bekommen habe. Tatsache ist aber, dass Stefana mir deutlich gesagt hat, ich solle zuerst die Patientendokumentation anschauen und dann das Essen austeilen. Dass ich mich daran nicht gehalten habe, ist ganz alleine meine Schuld. Wie schrecklich! Und was für ein Glück, dass bei alldem kein Mensch zu Schaden gekommen ist! Ich merke, dass ich tief geseufzt habe.

„Besser?“, fragt er und schiebt sich den Rest des Schokoriegels auf einmal in den Mund.

„Ja! Oder jedenfalls klarer.“

„Weißt du, manchmal ...“, sagt er und deutet mit seiner Hand auf die Stadt zu unseren Füßen, „... regt mich Frankfurt wahnsinnig auf, da möchte ich einfach nur weg. Und dann wieder mag ich's.“

„Und wo wärst du dann gerne, wenn du genervt bist von der Stadt?“

Rufus zuckt mit den Schultern. „Ich weiß nicht so genau. Zum Beispiel auf einer Insel ...“

„Island vielleicht?“, frage ich, weil ich nicht glaube, dass er sich eine Insel wie Mallorca vorstellt. Außerdem klingt das so schön ausgefallen.

Er hört prompt auf zu kauen und grinst mich an. „Wie kommst du denn ausgerechnet auf Island?“

„Ich habe einen Mailfreund dort. Und alles, was er mir schreibt, klingt sehr interessant. Ich glaube, dass Reykjavik die spannendste Stadt Europas ist im Augenblick!“ Darüber habe ich noch nie eine Sekunde nachgedacht. Keine Ahnung, warum ich solche Sprüche klopfe.

Rufus schüttelt den Kopf. „Das ist wirklich kaum zu glauben. Weißt du, dass ich meine Hochzeitsreise nach Island gemacht habe?“

„Hochzeitsreise?“, entfährt es mir, bevor ich mich wieder an den Ring erinnere, der mir neulich aufgefallen ist, und daran, wie Stefana ihn nach seiner Frau gefragt hat.

Er schaut mich amüsiert an. „Wenn man deinen entsetzten Blick sieht, könnte man beinahe glauben, Heiraten wäre etwas völlig Abnormales.“

„Na ja, du bist doch höchstens 22, oder? Da heiraten doch die wenigsten."

„Wenn man sehr verliebt ist, schon." Er schaut wieder auf die Stadt. „Manchmal handle ich etwas impulsiv", murmelt er so leise vor sich hin, dass ich nicht sicher bin, ob ich das richtig gehört habe.

Er wirft einen Blick auf seine Armbanduhr. „Wir sollten zurückgehen, die halbe Stunde ist gleich um."

Ich würde viel lieber noch hier oben bleiben, meine Haare aufbinden und im Wind flattern lassen. Aber für heute hatte ich schon genug Ärger.

„Und was soll ich Stefana sagen?", will ich wissen. „Ich meine, was hast du mir denn angeblich gezeigt?"

Er überlegt einen Moment. „Das richtige Betten der Patienten bei Hüftgelenk-Operationen!"

„Super, das hatte ich schon in der Schule!" Ich bin erleichtert.

„Na, umso besser, dann kann gar nichts mehr schief gehen."

Wir fahren zurück nach unten ins Erdgeschoss. Dort wartet Herr Ludwig schon auf mich.

Kurz vor dem Eingang zur Physiotherapie strecke ich Rufus meine Hand hin. „Du hast mir gerade das Leben gerettet. Das war sehr nett von dir. Danke!"

Er nimmt meine Hand kurz in seine. „Das habe ich gern getan. Und, Schwester Lilly, lass dich nicht unterkriegen! – So, jetzt muss ich aber nach Hause! Rita und ich wollen noch Großeinkauf machen." Er geht mit langen Schritten davon. Am Ende des Korridors dreht er sich nochmal um und lächelt mir zu, dann ist er verschwunden.

Rita! Wie kann so ein netter Typ mit einer Frau verheiratet sein, die Rita heißt? Zu ihm würde viel besser eine ähh ... Tamara passen. Nein, auch nicht, mal nachdenken ...

„Schwester Lilly, Sie, wieso machen Sie schon wieder so ein komisches Gesicht? Ist Ihnen nicht gut?", reißt mich Herr Ludwig aus meinen blödsinnigen Überlegungen.

„Entschuldigung. Ich war nur in Gedanken. Aber jetzt fahren wir los."

„Na, das wird auch Zeit!"

Als die Aufzugtüren gerade schließen wollen, quetschen sich noch zwei Ärzte in grünen OP-Kleidern zu uns. Das sieht man nur selten, weil die OP-Kluft nur in den Operationsräumen getragen werden sollte.

Den einen kenne ich, es ist mein Lieblingsarzt, ganz oben auf der Top Ten des Krankenhauses: das Würstchen. Den anderen habe ich bisher nur von weitem gesehen. Professor Dobler, Wieners Chef.

Dr. Wiener beachtet mich überhaupt nicht. Wahrscheinlich spricht er in Gegenwart von Professoren nicht mit gewöhnlichen Sterblichen. Vielleicht ist er aber zu angestrengt damit beschäftigt, hoch zum Professor zu schauen. Ich mache mich so klein wie möglich, damit Dr. Wiener nicht doch noch auf die Idee kommt, Professor Dobler die dümmste Lernschwester der Nordendklinik vorzustellen. Dem traue ich alles zu.

Professor Dobler seufzt, dabei bewegt sich sein kleines Bäuchlein unter dem verschwitzten OP-Hemd. „Wissen Sie, Wiener, ich bin gottfroh, dass wir diesen Ausfall heute Morgen hatten. Ich weiß nicht, wie wir sonst die zwei Notfälle geschafft hätten! Mir reicht es für heute."

Ich fasse es nicht. Unglaublich! Sie müssen von Frau Korda reden! Dann war mein schrecklicher Fehler für Professor Dobler gar nicht sooo schrecklich.

Dr. Wiener räuspert sich. „Aber wann wollen Sie denn den Ausfall einschieben? Das wird nicht einfach!"

„Sie sind ein Pessimist, Wiener!" Professor Dobler lächelt Dr. Wiener an. Daraufhin verzieht Dr. Wiener seinen Mund zu einer gequälten Grimasse. Ich vermute, es soll auch ein Lächeln sein.

Leider unterbricht das *Bing* des Aufzugs diese faszinierende Unterhaltung. Herr Ludwig und ich sind schon im ersten Stock und müssen leider den Aufzug verlassen. Ich möchte jubeln. Singen. Tanzen.

Ja, ich habe einen neuen Helden. Professor Dobler braucht kein Supermankostüm. Mein Superman ist er sogar in der fiesen grünen OP-Kluft.

„Sie singen ja, Schwester Lilly, das ist schön!", sagt Herr Ludwig, als ich ihn summend ins Zimmer schiebe. Und als ich nach meinem höchst beschwingten „Schönen Tag noch, die Herren" die Tür schließe, höre ich gerade noch, wie Herr Ludwig dem Baumgartner erklärt, dass er Schwester Lilly heute glatt zum Jodeln gebracht hätte.

Ach Halldór,

habe ich deine letzte Mail richtig verstanden, und du himmelst diese Solveig bloß von deinem Tor aus an? Wieso gehst du nicht zu ihr hin und redest mit ihr? Wie soll sie denn sonst merken, dass du sie magst? Ich an deiner Stelle würde ihr mal ein Kompliment machen, wenn sie ein Tor geschossen hat oder so. Wie viele Mädchen sind eigentlich in eurer Fußballmannschaft?

Sag mal, was bringt dich denn auf die absurde Idee, dass ich mich für diesen Rufus interessiere? So ein Quatsch! Er ist bloß nett, und das tut mir gut, wo doch sonst nicht alles so läuft, wie ich es gern hätte.

Vor allem vor den Prüfungen habe ich gewaltigen Schiss. Die sind gemeinerweise ganz kurz vor Weihnachten. Da sind wir kaum drei Monate im Unterricht gewesen, und schon wird der erste große Block komplett abgeprüft. Allein die Themen: Atmung, Schlaf und Waschen ... Schwester Agnes lässt mich immer wieder spüren, dass sie mich für eine Idiotin hält. Ich glaube, sie denkt, Waldorfschüler müssen doof sein, weil sie sonst auf einer normalen Schule gewesen wären.

Am meisten Panik habe ich vor der Prüfung mit der Atmung. Hast du schon mal von inspiratorischem Reservevolumen gehört oder von Atemminutenvolumen und Residualvolumen? Oder kennst du vielleicht die Kussmaulatmung – die heißt echt so! Klingt ja ganz nett, ist aber ein Hinweis auf eine stoffwechselbedingte Azidose. Oder die Schnappatmung, die tritt vor allem kurz vor dem Tod auf.

Oh-oh, kann es sein, dass ich die ganze Zeit am Jammern bin? Aber es gibt ja auch so viel zu lernen. Und dann noch der Ärger im Krankenhaus – und alles wegen Mascha!

Neulich, nachdem mich Rùllupylsa zur Schnecke gemacht hat, hat sie nicht mal *versucht*, mich zu retten – na gut, versucht hat sie es schon, aber nur halbherzig. Klar, ich hätte zuerst in der Patientendokumentation nachschauen müssen. Doch wenn sie pünktlich gewesen wäre, hätte ich nie in ihrem Bereich Frühstück ausgeteilt. Außerdem hast du keine Ahnung, wie sie sich andauernd lustig über mich macht.

Was du über Dr. Wiener gesagt hast, hat mir übrigens gut gefallen.

Deinen Vorschlag, ihn Rùllupylsa zu nennen, nach dieser dänisch-isländischen Würstchenspezialität, finde ich geradezu genial. Das klingt so nach Rülpswurst. Allerdings habe ich keine Ahnung, ob ich das richtig ausspreche: Rüllupülsa? Apropos *rülps*, also, was frühstückst du denn nun, oder soll das ewig ein Geheimnis bleiben?

Viele Küsse aus Deutschland schickt dir
Lilly

Spülprobleme

„So geht das hier nicht weiter!“, brüllt Jonas und deutet auf einen Riesenberg Geschirr im Spülbecken.

Torsten und ich schauen uns entgeistert an. Schließlich sind wir gerade in einer komplizierten Welt aus Waschungen und Vitalkapazitäten versunken.

„Könntest du etwas leiser sein? Wir lernen!“, bittet Torsten und lächelt Jonas Verständnis heischend an.

„Auf keinen Fall“, regt Jonas sich weiter auf. „Es kommt mir so vor, als würde immer ich die Küche aufräumen. Dabei sage ich nicht zum ersten Mal, dass es hier wie Sau aussieht. Aber ihr stellt nach wie vor euer Zeug einfach ab und geht wieder. Wenn die Spülmaschine voll ist, lasst ihr euren Dreck lieber draußen stehen, statt die Maschine auszuräumen. Dieses Verhalten ist asozial!“ Jonas’ Halsschlagader pocht verdächtig schnell.

„Apropos Küchenarbeit, da kenne ich einen guten Witz!“, sagt Torsten.

„Moment mal, willst du damit andeuten, dass ich Witze mache?“ Jonas sieht ihn böse an – sein Humor ist leider nicht so ausgeprägt wie seine Muskeln.

„Nein, ich wollte bloß die Situation entschärfen. Also, wie viele Gehirnzellen hat eine Frau?“

Ich stöhne auf. „Keine Ahnung! Aber ich schätze, dreimal so viele wie ein Mann!“

„Leider falsch, die Frau hat vier Gehirnzellen, für jede

Herdplatte eine!“, sagt Torsten und bringt sich schnell hinter dem großen Sofa, das unter dem Fenster steht, in Sicherheit, denn ich bin aufgesprungen und stürze mich auf ihn. „Jonas, wirf mal ein großes Messer her, Torsten hat dringend einen Denkzettel verdient!“

Aber Jonas denkt nicht daran. Er greift sich zwei Topfdeckel und schlägt sie donnernd zusammen. „Schluss jetzt! Das ist überhaupt nicht witzig! Man könnte denken, ihr wohnt noch bei Mami und Papi und kriegt alles nachgetragen. Wie können erwachsene Leute, die im Krankenhaus arbeiten, so unhygienisch sein?“

Torsten und ich kehren wieder an den Tisch zurück, der mit Büchern und Notizzetteln übersät ist. „Jetzt komm, setz dich erst mal zu uns, und beruhige dich“, schlägt Torsten vor. „Wenn wir reden, sollten wir auch die anderen holen, oder? Was meinst du?“

Jonas schaut demonstrativ nach, ob der Stuhl sauber ist. „Okay“, meint er dann.

„Torsten, das ist total blödsinnig!“, wage ich zu widersprechen. „Schließlich haben wir alle etwas Besseres zu tun. Wir müssen dringend für die Prüfungen morgen lernen.“

„Wenn ihr heute erst damit anfangt, dann schafft ihr den Stoff sowieso nicht mehr!“, sagt Jonas nur.

„Wir wiederholen ihn bloß noch. Gelernt haben wir schon!“, gibt Torsten zurück, und mir fällt das Herz in die Hose. Wann haben die denn gebüffelt? Ich habe es ja versucht, aber da ist nicht viel hängen geblieben. Die letzten drei Wochen sind wie im Flug vergangen. Meine Schichten auf der Orthopädie waren anstrengend genug, sogar dann, wenn Dr. Wiener Würstchen mir meinen Tag nicht zur Hölle gemacht hat. Danach wollte in meinen Kopf überhaupt nichts mehr reingehen. Überhaupt habe ich das Gefühl, dass mein Leben zur Zeit nur aus Arbeit, Schule und Schlafen besteht ...

„Also, was machen wir?", fragt Torsten und schaut von Jonas zu mir.

„Wir besprechen es *jetzt*", beharrt Jonas.

„Na gut, dann bringen wir's hinter uns, damit dieses Theater endlich ein Ende hat." Ich stehe auf und gehe Mascha, Eva und Rügül holen.

So, als ob Jonas das alles geplant hätte, sind sie wirklich auf ihren Zimmern. Und genauso genervt wie wir, weil auch sie versucht haben zu lernen.

„Was soll denn das werden?", fragt Rügül und lässt sich aufs Sofa plumpsen.

„Ein Verhör?", fragt Mascha und reibt ihre verquollenen Augen. Ihre Engelshaare hängen zerfleddert um ihr graues Gesicht. Wirken wie die Federn von einem kranken Wellensittich. Von mir aus könnten sie ihr auch ganz ausfallen.

Jonas hebt mit angewidertem Gesicht einen klebrigen, angebrannten Topf hoch.

„Schaut euch doch mal diesen Saustall an! Ich kann so nicht leben!"

Hmm, wenn ich ganz ehrlich zu mir selbst bin, muss ich zwei Dinge zugeben: Erstens: Dieser Topf hat wirklich einen Ekel erregend grünlichen Schleimüberzug. Und zweitens stammt er eindeutig von mir. Es ist der spießige rosa Emaille-Topf von Oma Martha. Ein Überbleibsel meiner Kochkünste vom letzten Wochenende.

„Von mir ist das alles sowieso nicht!", lässt Eva da verlauten. „Ich ernähre mich gesund und koche mir keine fettigen Sachen. Ich trinke meine Schlankmachersüppchen und Drinks und fertig. Danach spüle ich meine Tasse immer gleich aus." Zur Bekräftigung nimmt Eva einen Schluck aus ihrem Glas. Eine braune Brühe, die auch nicht appetitlicher aussieht als das Zeug, das Jonas immer trinkt.

Jetzt bricht der totale Tumult aus. Jeder sagt, er war es nicht und er würde doch nie ... Alle schreien durcheinander, nur Torsten bleibt ruhig. Er steht auf und nimmt sich ein Bier aus dem Kühlschrank. Dann geht er zum Lichtschalter und macht ihn aus.

Vor lauter Überraschung verstummen wir plötzlich. „Also", poltert er in die Dunkelheit, „können wir uns jetzt wie normale Menschen unterhalten?"

Jemand kichert. Ich glaube, es ist Eva. „Und ich dachte, du wolltest schon wieder einen Witz erzählen!", sagt sie, und diese Vorstellung bringt uns alle zum Lachen.

Torsten schaltet das Licht wieder ein und setzt sich.

„Also, ich glaube, Jonas hat Recht", stellt er ganz ruhig fest. „Hier sieht es wirklich eklig aus. Und da wir niemals mehr herausfinden werden, wer das verbrochen hat, schlage ich erstens vor, dass wir einen Küchenplan aufstellen und jeder von uns eine Woche lang für den Zustand der Küche verantwortlich ist."

Eva seufzt sehr tief, bleibt aber still. Torsten sieht einen nach dem andern an. „Ist jemand dagegen?"

Jonas zeigt Torsten einen Vogel. „Wieso sollte ich? Ich esse nur meine Rohkost, da mache ich doch nicht die Putzfrau für euch!"

Mascha und Rügül fangen gleichzeitig an zu reden.

„Hey, Jonas“, übertönt Rügül Mascha, „ist ja nur ein Vorschlag. Wir können darüber abstimmen.“

Und Mascha fügt noch hinzu: „Außerdem sind wir hier eine Gemeinschaft, da kann man sich nicht dauernd ausklinken.“ Sie schaut in die Runde.

„Ich war noch nicht ganz fertig“, schaltet sich Torsten wieder ein. „Zweitens schlage ich vor, dass wir losen oder knobeln, wer hier aufräumt. Anders kriegen wir das sowieso nicht geregelt.“

„Gute Idee“, meint Mascha.

Ich finde das einen ziemlich misslungenen Vorschlag. Für mich gilt nämlich so eine Art Naturgesetz: Lilly Podeschwa kann Glücksspiele jeder Art nicht gewinnen. Aber wenn ich den Geschirrberg genauer betrachte, dann bin ich froh, dass niemand gemerkt hat, wie viele Teller allein von mir da drin herumgammeln. Ich nehme mir vor, dass ich in Zukunft ordentlicher sein werde. Mal sehen, ob ich das schaffe.

„Und der Verlierer macht heute Abend noch sauber. Damit man hier morgen Früh vor den Prüfungen ordentlich frühstücken kann, okay?“, schlägt Jonas vor.

Und weil jeder hofft, dass es ihn nicht erwischt, stimmen alle begeistert zu. Ich halte mich etwas zurück und wünsche mir ganz fest, dass es Mascha trifft. Wäre doch irgendwie ausgleichende Gerechtigkeit, wenn sie etwas für mich tun müsste, oder?

„Knobeln oder Streichhölzer?“, fragt Torsten.

Streichhölzer, da sind wir uns ausnahmsweise ohne langes Diskutieren einig. Torsten bereitet alles vor, und dann ziehen wir. Einer nach dem anderen jubelt. Es gibt nur eine, die nicht jubelt, und diese eine bin ich.

Salzwasser

Die andern haben sich sehr schnell aus dem Staub gemacht, damit sie nicht in Versuchung geraten, mir beim Abspülen zu helfen.

Der Berg im Spülbecken kommt mir riesig vor. Das saubere Geschirr in der Spülmaschine stinkt nach Biotonne, weil es schon seit Tagen nicht ausgeräumt wurde. Also stelle ich als Erstes die Maschine nochmal an.

Immerhin eignet sich Abspülen gut, um über eine der Prüfungen von morgen nachzudenken: Bei der geht es nämlich um Waschungen – Ganzkörperwaschungen.

Während ich Wasser einlasse, summe ich vor mich hin. Seit Eva mir den Tipp mit dem Singen gegeben hat, singe ich wirklich manchmal die Definitionen und Erklärungen. „Haut stabilisierende Ganzkörperwaschung mit dem Saft einer halben Zitrone auf fünf Liter Wasser! Fieber senkende Ganzkörperwaschung mit einem Liter Pfefferminztee auf vier Liter Wasser! Yeah. Oh, Baby, Baby, Baby, balla, balla, die Lilly singt jetzt diesen alten Knalla, wir unterscheiden die belebende Ganzkörperwaschung entgegen der Haarwuchsrichtung und die beruhigende Ganzkörperwaschung, die mit der Haarwuchsrichtung verläuft. Uh, ah ...“

Dabei weiche ich die zentimeterdicke Klebmasse in den Töpfen ein und frage mich, wie viele Jahre ich für das Abspülen wohl brauchen werde. Ich sehe im Zeitraffer vor mir, wie ich am Spülbecken stehe und immer älter werde und schließlich als Skelett mit Knochenhänden die letzten Klumpen aus den Töpfen kratze.

Mein Leben verläuft momentan nicht gerade berauschend. Eva ist ja ganz nett, aber immer sehr mit sich selbst beschäftigt und würde sich nur für mich interessieren, wenn ich ein Mann wäre. Zwischen Mascha und mir herrscht Funkstille, und für Rügül bin ich bloß Luft. Bleiben Torsten, der mein Vater sein könnte, und Jonas, der nur eine Sache im Kopf hat. Nein zwei: gesunde Ernährung und Radfahren.

Das Einzige, was mir momentan wirklich Spaß macht, sind die Mails von Halldór. Ohne ihn würde ich mich ziemlich einsam fühlen. Na gut, ich fühle mich sowieso ziemlich einsam. Auch, wenn ich meinen Eltern erst letztes Wochenende am Telefon wieder erzählt habe, wie großartig hier alles läuft und wie nett alle zu mir sind. Vor zwei, drei Wochen habe ich meiner Mutter gegenüber mal eine Andeutung gemacht, dass ich kaum mehr Freizeit habe. Und prompt hatte sie gleich diesen besserwisserischen Na-siehste-Tonfall in der Stimme. Diesen Fehler mache ich bestimmt kein zweites Mal.

Ich schütte das verkrustete Besteck aus den Töpfen in die heiße Seifenlauge und hoffe, dass ich, wie in der Werbung versprochen, nur noch hineinzugreifen brauche und dann das wie von Zauberhand saubere Besteck wieder herausziehen kann.

Allerdings, ganz so trostlos ist es in der Nordendklinik auch wieder nicht. Es gibt ja nicht nur Dr. Wiener, sondern noch unsere Patienten, mit denen ich immer besser klarkomme. Und ich habe diesen netten Rufus kennen gelernt. Ob er vielleicht ein Kind hat, oder warum heiratet er so jung? Könnte ja sein. Vater mit 16 – sieht man doch ständig in den Nachmittagsshows. Vielleicht hatte er nur einen einzigen One-Night-Stand, wurde reingelegt und hat dann trotzdem die Verantwortung übernommen? Würde gut zu einer Rita passen. Oder vielleicht ist die Frau, die er geheiratet hat, schwer krank, und er wollte ihr eine Freude machen?

Hey, Lilly, ermahne ich mich, du wolltest beim Spülen den Stoff wiederholen. Also, wie war das mit den Waschungen? Ich fange wieder an zu singen.

„Haut stabilisierende, Schweiß reduzierende, Geruch reduzierende, Fieber senkende und ... oh verdammt, es waren doch fünf Ganzkörperwaschungen ..."

„Fehlt vielleicht die Körperpflege nach dem Bobath-Konzept?", schlägt eine Stimme hinter mir leise vor.

Ich drehe mich um. Es ist Mascha. Sie hält ihre Hände hoch. Sie stecken in erdbeereisfarbigen Gummihandschuhen. „Ich dachte, du könntest Hilfe brauchen?", sagt sie in fragendem Tonfall. Dabei sieht sie aus, als hätte *sie* Hilfe nötig. Als müsste sie dringend mal wieder eine Nacht schlafen, anstatt mit dem Künstler zu ... ähh ... sich mit ihm zu treffen.

Ich zucke mit den Schultern. Pah! Ich brauche keine Hilfe von Mascha.

„Hör mir doch einmal zu, Lilly!", bittet Mascha.

Statt einer Antwort lärme ich sehr beschäftigt im Spülbecken herum. Dabei erinnere ich mich an Maschas Fesselvorhang – daran, wie sie mit ihrem Gartenzwerg-Freund über mich Witze gemacht hat. Und als Krönung des Ganzen, wie Dr. Wiener mich anschreit, weil ich in ihrem Bereich das falsche Essen ausgeteilt habe.

„Lilly, du bist ungerecht“, sagt Mascha im Brustton der Überzeugung. „Du nimmst immer alles persönlich und bist gleich beleidigt!“

„Ich und beleidigt! Das soll wohl ein Witz sein!“ Vor Empörung glitscht mir ein Teller wieder ins Spülwasser, und ich kriege prompt einen Spritzer Wasser ins Auge.

„Schau, schon wieder. Immer bist du so abweisend, dabei habe ich dir nie etwas getan!“, behauptet Mascha und holt sich einen Putzeimer.

Was soll ich dazu sagen? Am besten einfach weitersingen und sie ignorieren.

Ich höre, dass Mascha sich an den Tisch setzt, und dann dringen nur noch merkwürdig erstickte Geräusche über meinen Ganzkörperwaschungs-Song und das Brummen der Spülmaschine hinweg an mein Ohr.

Zuerst denke ich, dass Mascha lacht. Aber irgendwie klingt das anders. Heult sie etwa? Soll sie ruhig. Ist nicht mein Problem, wenn sie vor Prüfungen hysterisch wird. Oder sollte ich mal fragen, was los ist? Sie wird wohl nicht wegen mir heulen, so lustig, wie sie mich immer findet. Und außerdem sollte ich wirklich nicht immer so eklig zu ihr sein, denn ein minimales bisschen hat sie ja Recht ...

Ich drücke den Topf wieder in die braune Brühe, trockne meine Hände ab und gehe zum Tisch. Mascha hat ihren Kopf auf die Arme gestützt, die auf dem Tisch liegen. Ihr Rücken schüttelt sich im Rhythmus ihres Schluchzens.

Tja, und was jetzt? „Mascha, ich dachte, du wolltest

mir helfen. Heulen hilft nicht besonders gut gegen den Dreck."

Mascha schaut auf. Ihr Heiligenschein klebt dunkel und feucht an ihrem runden Gesicht, und ihre Augen sehen rot aus. Sie versucht zu lächeln, schafft es aber nicht. Daraufhin versenkt sie den Kopf wieder zwischen ihre Arme.

Ich seufze und beiße mir auf die Lippe. Kann ich das nicht ein wenig einfühlsamer?

„Okay, das war ein blöder Spruch", versuche ich es. „Sagst du mir, was los ist, oder soll ich raten?"

„Ist doch sowieso alles sinnlos!", stöhnt Mascha.

„Was meinst du mit *alles*?", hake ich nach. Und mir dämmert, dass es mit Liebe zu tun haben muss. Dass alles sinnlos ist, habe ich nur einmal in meinem Leben gedacht, und zwar als Robert mich verlassen hat. Ohne mir zu sagen, warum.

„Alles, einfach alles!", flüstert Mascha.

„Hmm, gilt das auch für den Gartenzwerg?", frage ich vorsichtshalber nach.

Mascha hält inne. „Für wen?"

„Na, deinen Künstlerfreund, den Gartenzwerg. Sag mal, was für Kunst macht der eigentlich?"

Mascha hebt ihren Kopf. „Alex ist kein Zwerg. Er ist ein geistiger Riese!"

„Und wieso heulst du dann so?"

„Weil es aus ist."

„Vergiss ihn, Mascha. So toll war er nun auch wieder nicht. Du findest doch hier an jeder Ecke einen! Frankfurt ist voller Studenten und Bänker und ..."

„Aber nicht solche wie Alex", widerspricht Mascha.

„Zum Glück, die Alexe dieser Welt sollten sowieso dort hingehen, wo der Pfeffer wächst!“

Mascha richtet sich auf und funkelt mich wütend an. „Lilly, du weißt doch gar nicht, was Liebe ist!“

„Stimmt. Ich hab keine Ahnung“, sage ich, weil ich die Nase wirklich voll davon habe. „Ich komme auch aus dem Odenwald und bin erst 17.“ Ich stehe wieder auf und trabe zum Spülbecken.

Jetzt heult Mascha erst richtig los.

Also gehe ich wieder zurück zum Tisch und setze mich neben sie. Hm. Soll ich meinen Arm um sie legen? Oder sie anschreien, damit dieses hysterische Geschüttel aufhört? Ich probiere es mal mit Armumlegen.

Ihr Rücken ist feucht, so als würde sie am ganzen Körper weinen. „Hey, ist ja gut!“, flüstere ich in ihre Haare. Und frage mich gleichzeitig, wieso ich einen derartigen Schwachsinn von mir gebe. Was ist gut? Für Mascha ist gerade die Welt untergegangen. Andererseits, was kann ich denn sonst sagen?

Ich streichle mit der flachen Hand ihren Rücken entlang, so wie meine Mutter immer ihre Pferde streichelt, und hoffe, dass ich das richtig mache.

Es scheint zu wirken. „Mascha“, sage ich mit ruhiger Stimme, „wirklich, alles wird bestimmt gut. Und in ein paar Jahren wirst du die Geschichte mit Alex erzählen und dabei nichts mehr fühlen. Als wäre sie einer fremden Person passiert.“

„Niemals, nie, nie werde ich wieder glücklich sein!“, stößt Mascha unter zwei gequälten Schluchzern hervor. Sie bekommt keine Luft mehr, weil ihre Nase völlig zu ist.

Ich suche ein Taschentuch, finde aber nur Küchenkrepp und reiche ihr die ganze Rolle.

„Schau mal, diese netten Bärchen!", sage ich, weil mir nichts Besseres einfällt, und deute auf die Tiere, die darauf abgebildet sind.

Mascha reißt ein Blatt ab. „Die sind so hässlich, die haben es nicht anders verdient, als dass man in sie reinschnäuzt!", nuschelt sie und putzt ihre Nase.

Ich frage mich, wieso keiner von den anderen Mitbewohnern hereinkommt, um an unserem Drama teilzunehmen und Mascha richtig zu trösten, aber dann fällt mir ein, dass sie wahrscheinlich Angst haben, beim Putzen eingespannt zu werden.

„Ich verrate dir ein Geheimnis, Mascha. Ich kenne das wirklich aus eigener Erfahrung."

„Was kennst du?"

„Wie es ist, verlassen zu werden!"

Mascha schaut mich entrüstet an. „Alex hat mich nicht verlassen, ich habe *ihn* verlassen!"

„Ach so. Na, das ist ja etwas ganz anderes ... aber wieso heulst du dann überhaupt?"

Mascha schnäuzt sich ein zweites Mal, spricht aber immer noch sehr nasal. „Weil, weil ..." Tränen laufen wieder über ihre Wangen. „Weil er, also, ich habe ihn ... Ich meine, also, es war so: Als ich ins Atelier kam, da hat er gerade mit so einer ..."

„Verstehe." Wusste ich's doch, dass der Kerl ein Kotzbrocken ist!

„Nein, das verstehst du nicht", widerspricht Mascha. „Alex hat mir gleich gesagt, dass er von Treue nichts hält. Das findet er langweilig. Nicht inspirierend!"

„Ach ja, und zu was muss sich der Zwerg denn nun inspirieren lassen? Das hast du mir immer noch nicht verraten."

„Er" – Mascha putzt ihre Nase – „er fotografiert Klingelschilder."

Ich falle beinahe vom Stuhl. Der Leonardo da Vinci der Neuzeit! Klingelschilder! Fantastisch!

„Und, entschuldige die Frage, du weißt, ich bin ein kleines, dummes Landei, aber wozu braucht er denn beim Fotografieren von Klingelschildern ..." – ich spreche das sehr gedehnt und mache eine große Geste in den Raum – „Inspiration?"

Mascha denkt eine Weile nach.

„Keine Ahnung!", sagt sie auf einmal in die Stille, die nur ab und zu vom zarten Gurgeln des Geschirrspülers unterbrochen wird.

Vielleicht sollte ich jetzt besser den Mund halten, aber das ist nicht meine Stärke. „Ich kapiere nicht, wo das Problem ist. Wenn er dir von Anfang gesagt hat, wie er eure Beziehung sieht, warum bist du so traurig?"

„Weil ich gedacht habe, dass es ihm reicht, wenn wir zusammen sind. Und dass er dann keine anderen mehr brauchen wird."

„Aber wie kommst du auf die Idee? Er hat dir doch deutlich gesagt, was er will, oder?", hake ich nach. Schließlich – und das habe ich erst nach vielen Mails mit Halldór kapiert – sagen Jungs immer genau das, was sie meinen. Wenn sie „Tschüss" sagen, dann *meinen* sie „Tschüss". Wenn sie sagen, sie wollen ihre bekloppte Freiheit, dann wollen sie ihre bekloppte Freiheit. Und daran gibt es überhaupt nichts zu interpretieren.

„Na ja, ich dachte nur“, sagt Mascha leise, „wenn ich mich genug anstrenge, wenn ich Alex etwas biete, wenn ich alles tue, was er will, dann würde er merken, dass nur wir beide zusammengehören. Er und ich und sonst niemand.“

„Und jetzt hast du eingesehen, dass du falsch gedacht hast?“

„Ja!“, sagt Mascha mit fester Stimme. „Ja, das habe ich neulich schon mal beinahe kapiert, aber das heute hat mir endgültig gereicht. So will ich nicht leben. Ich kann es mir zwar nicht vorstellen ohne ihn, aber so ...“ Eine Träne kullert über ihre Wangen. Sie wischt sie ungeduldig weg und steht mit einem Ruck auf. „Und jetzt sollten wir mal angreifen, sonst stehen wir ja morgen Früh noch mit dem Geschirr hier rum, oder?“

Es ist klar, dass Mascha über etwas anderes reden möchte. Na gut. „Du hast Recht“, sage ich also, „lass uns weiterputzen.“

Mittlerweile ist die Spülmaschine fertig.

In friedlichem Schweigen räumt Mascha sie aus, und ich spüle wieder ab. Dann wischt Mascha den Tisch, die Stühle und die Fensterbänke ab.

„Sollen wir uns den Boden auch gleich vornehmen?“, fragt sie. „Ich bin auf einmal so in Putzlaune.“

„Ich auch. Komm, wir überraschen die anderen mit einer glänzenden Meister-Proper-Küche.“

„Wie wäre es, wenn wir uns dabei gegenseitig abfragen?“, schlägt Mascha vor.

„Superidee.“ Ich hatte es eigentlich schon aufgegeben, heute noch irgendwas zu lernen. „Du fragst mich zuerst ab, einverstanden?“, erkundige ich mich bei ihr.

Mascha ist einverstanden und benimmt sich dann strenger als Schwester Agnes.

Während wir auf Knien den Boden schrubben, prüfen wir uns gegenseitig. Leider merke ich dabei, wie viele Wissenslücken noch in meinem Schädel gähnen. Es tut gut, alles mit Mascha noch einmal durchzugehen. Mascha hat trotz ihres Liebeskummers viel mehr behalten als ich. Wie macht sie das bloß?

Heute Abend verzichtet sie darauf, sich über mich lustig zu machen. Sie grinst nicht mal, als ich inspiratorisches und expiratorisches Reservevolumen verwechsle, sondern erklärt mir geduldig nochmal den Unterschied. Und zwar so gut, dass ich es dieses Mal auch wirklich kapiere.

Gegen Mitternacht, wir haben gerade das schmutzige Putzwasser ins Klo geschüttet, taucht Rügül in ihrem roten Königinnenbademantel auf. „Was ist denn hier passiert?"

Fassungslos starrt sie auf den glänzenden Boden, die sauberen Schränke und den blitzenden Herd.

„Das ist ja toll!" Wenn Rügül begeistert ist, strahlt sie richtig. Schade, dass sie so selten zu begeistern ist. „Findet ihr nicht, dass es schön wäre, wenn es hier immer so aussehen würde?", fragt sie.

Wir nicken. „War gar nicht so schlimm!", stelle ich fest. „Aber nur, weil Mascha mir geholfen hat."

„Na, das war sehr großzügig von dir!", sagt Rügül und wirft Mascha einen anerkennenden Blick zu.

„Nein", sagt Mascha, „das war nicht großzügig, sondern einfach dringend nötig!"

Mascha und ich schauen uns an und ... lächeln.

Liebster Halldór,

vielen, vielen Dank für dein Päckchen. Die Jólesveinar, die Weihnachtskerle, haben mir gut gefallen. Hätte ich nicht gedacht, dass ausgerechnet du mir 13 Kobolde schickst, die mir die Zeit bis Weihnachten vertreiben sollen. Süß! Am besten hat mir der Pvörusleikir, der Kochlöffellecker, gefallen. Am lustigsten finde ich den Namen vom Fenstergucker Gluggagae.

Leider muss ich dir zu meiner Schande gestehen, dass ich auch schon das letzte Päckchen ausgepackt habe. Ich war so neugierig. Die CD von GusGus fand ich super. Sag mal, hast du sie deshalb ausgesucht, weil gleich der erste Song *Lady-Shave* heißt? Soll das vielleicht eine Anspielung auf meine Rasierkünste sein? ;-)

Ich habe dir auch ein Päckchen geschickt, aber das kommt bestimmt erst am Heiligen Abend an.

Ich bin sicher, dass diese Kobolde großen Einfluss auf mein Leben gehabt haben – und zwar schon bevor sie hier waren. Denn stell dir vor, es ist etwas passiert, was du mir ja schon lange ans Herz gelegt hast. Mascha und ich haben uns versöhnt. Sie hat mir beim Küchengroßputz geholfen und dabei von ihrem Liebeskummer mit ihrem Künstlerzwerg erzählt – was heißt *erzählt*, sie hat geweint! Und ich habe einfach nur zugehört. Ja, ich weiß, das ist kaum zu glauben, aber ich habe wirklich fast nichts dazu gesagt. Keine klugscheißerischen Anmerkungen über diesen Idioten, na, okay, nur eine oder zwei. Und als Mascha nicht mehr weiterreden wollte und auf das Thema Prüfungen kam, habe ich nicht weiter nachgebohrt wie ein gemeiner Zahnarzt, sondern bin sofort auf ihren Themenwechsel eingestiegen.

Und das war super, denn so habe ich zwischen dreckigen Töpfen und Pfannen und Putzeimern den ganzen Prüfungsstoff nochmal mit Mascha geübt. Ehrlich gesagt, glaube ich, dass ich nur deshalb gerade noch eine Vier gekriegt habe. Sonst hätte es zappenduster ausgesehen. Ich muss beim Lernen etwas verändern. Lesen reicht irgendwie nicht. Es hilft mir, alles mit jemandem durchzugehen. Vielleicht kann ich das ja jetzt öfter mit Mascha machen. Denn seit wir wie normale Menschen reden können, läuft es wirklich ganz gut mit uns. Manchmal gehen wir morgens sogar zusammen zum Krankenhaus.

Und das Beste: Sie hat endlich aufgehört, sich dauernd über mich totzulachen. Na ja, das könnte natürlich daran liegen, dass sie immer noch so traurig ist. Denn manchmal höre ich sie abends in ihrem Zimmer weinen. Meinst du, ich sollte dann zu ihr gehen? Ich traue mich nicht so richtig.

Apropos trauen, ich kann es gar nicht glauben, dass du dir wegen Solveig derart in die Hosen machst! Wieso hast du denn ihr nicht auch so einen Weihnachtskerl verehrt? Das hätte ihr bestimmt gefallen. Oder ist sie so schrecklich Furcht einflößend, dass man ihr nicht mal ein kleines Geschenk geben kann?

Was macht ihr an Weihnachten? Was gibt's denn da

als Festessen bei euch? Und wirst du mir jemals verraten, was du zum Frühstück isst, oder ist das derart peinlich, dass es für immer dein Geheimnis bleiben muss? ;-)

Ich wünsche dir bis zur nächsten Mail alles Gute und hoffe, dass du Weihnachten gut überstehst. Trotz der Elfen und Kobolde!

Deine Lilly

PS: Das Allerallerbeste hätte ich beinahe vergessen: Ich wurde im Krankenhaus zum ersten Mal gelobt. Natürlich nicht von Dr. Wiener, nein, von Stefana. Sie hat gesagt, ich würde mich mit den Patienten gar nicht so dumm anstellen, und das ist aus ihrem Mund ein richtig dickes Lob. Danach bin ich drei Tage lang zehn Zentimeter über dem Linoleumboden geschwebt ... fast wie eine Elfe! ;-)

Weihnachtsengel

Unser Wohnheim ist wie ausgestorben. Keine Ahnung, was Jonas über Weihnachten treibt, aber Rügül ist zum dritten Mal Tante geworden und besucht ihre Schwester in Offenbach, und Eva hat alle Ersparnisse zusammengekratzt und ist zum Skifahren nach Kitzbühel gefahren. Dabei kann sie gar nicht Ski fahren, es geht ihr wohl mehr ums Après-Ski ... Richtig neidisch waren wir alle auf Torsten. Er hat einen supergünstigen Lastminute-Kurztrip nach Las Vegas gebucht, weil er diesen Weihnachtswahnsinn nicht mehr aushält, seit sein Freund Stefan tot ist. Einarmige Banditen und Tigershows würden ihn besser ablenken, meinte er, als ein Besuch bei seiner Familie in Weiden.

Nur Mascha und ich haben Dienst am Heiligen Abend. Ich glaube, das ist eine kleine Disziplinarmaßnahme von Stefana, wegen der Sache mit Frau Korda. Sie ist mittlerweile an der Schulter operiert worden, und es geht ihr gut. So gut, dass sie gar nicht mehr versteht, warum sie solche Angst vor der Operation gehabt hat.

Wie meistens an Weihnachten liegt auch dieses Jahr kein Fitzelchen Schnee, sondern es regnet und ist viel zu warm für Dezember.

Meine Eltern holen mich um fünf Uhr heute Nachmittag ab. Das wird bestimmt merkwürdig. Seit ich ins

Wohnheim gezogen bin, habe ich sie nicht *ein*mal gesehen. Was keine Absicht von mir war, sondern sich aus meinen Dienstplänen so ergeben hat. Ich komme mir viel älter vor als vor drei Monaten und bin gespannt, ob meine Eltern das auch so sehen.

Als Mascha und ich unser Lernschwesternoutfit anziehen, fragen wir uns, wie sich wohl die Patienten fühlen bei dem Gedanken daran, die Feiertage im Krankenhaus zu verbringen.

„Ich fände es entsetzlich!“, sagt Mascha und bindet sich zwei Wuschelzöpfe. „Bei uns ist an Weihnachten unheimlich viel los. Meine vier Brüder kommen mit ihren Familien. Außerdem die Geschwister meiner Eltern und alle meine Cousinen und Cousins. Das ganze Haus ist dann voller Leute. Ich finde es herrlich!“ So wie Maschas Gesicht jetzt leuchtet, kriege ich große Lust, sie dort zu besuchen. Auch das hätte ich mir vor einem Monat nicht vorstellen können, aber mittlerweile weiß ich nicht mehr so genau, warum ich diesen Kleinkrieg gegen Mascha geführt habe.

„So viel Trubel kann ich mir kaum vorstellen“, sage ich. „Bei uns ist Weihnachten eher eine Schweigeveranstaltung. Wir essen Lachs mit Kartoffeln, dann gibt's Geschenke, und danach sitzt man gepflegt mit einem Glas Wein auf der Sofagarnitur und betrachtet still, was man vom Christkind bekommen hat.“

„Du Ärmste!“ Mascha schenkt mir ein mitleidiges Lächeln. „In meinen Ohren klingt das schlimm!“

„Ist es aber nicht“, widerspreche ich. „Na ja, vielleicht ein wenig langweilig. Trotzdem freue ich mich darauf!“

Stefana kommt herein, sperrt ihren Spind auf und beginnt, sich umzuziehen. „Fröhliche Weihnachten, ihr beiden. Ich hoffe, ihr gebt euch heute besonders viel Mühe mit unseren Patienten."

„Na klar!", sagt Mascha.

„Wird eigentlich irgendein besonderes Weihnachtsprogramm für die Patienten angeboten?", frage ich.

Stefana sieht mich überrascht an. „Nein, es gibt ein festliches Menü, und alle, die möchten, können sich im Fernsehen Weihnachtsshows und Gottesdienste anschauen."

„Wie schrecklich!", rufen Mascha und ich gleichzeitig.

„Warum? Was sollte denn eurer Meinung nach hier passieren?"

„Man könnte doch zum Beispiel mit den Patienten Weihnachtslieder singen!", sage ich und vermeide es, Mascha anzuschauen.

Ich kann mir denken, dass sie grinst. Sie findet immer noch, dass ich falsch singe. Immerhin sagt sie nichts.

„Noch besser wäre es, sich zu verkleiden und dann mit einem Sack herumzugehen und Geschenke zu verteilen!", stellt Mascha fest.

Stefana sieht uns an, als ob wir nicht ganz bei Trost wären. „Mädels, wir sind doch hier nicht auf der Kinderstation! Es handelt sich um erwachsene Menschen. Und glaubt mir, die meisten sind froh, wenn sie einfach nur in Ruhe gelassen werden. Einige, vor allem ältere Patienten ohne Familien, lassen sich extra an den Feiertagen operieren, damit sie nicht alleine zu Hause sein müssen."

„Ja, aber dann ist es doch umso wichtiger, dass man ihnen etwas bietet!", sagt Mascha, und ich nicke dazu.

Stefana seufzt tief, sperrt den Schrank ab und murmelt etwas wie *Frischlinge.* Dann dreht sie sich zu uns. „Wer soll denn das machen? Oder wollt ihr vielleicht die Heilsarmee beauftragen?"

„Na, wir!", platze ich heraus, obwohl ich keine Ahnung habe, ob Mascha das recht ist.

„Wir haben heute viel zu viel zu tun. Ich wüsste nicht, wann ihr da noch kleine Gesangseinlagen machen wollt." Resolut steckt Stefana eine Schachtel Zigaretten in ihre Kitteltasche und klippt einen Kugelschreiber an der Brustasche fest.

„Hmm", überlege ich. „Wir könnten nach Schichtende, am Nachmittag zwischen zwei und drei Uhr, bevor wir nach Hause fahren, irgendwas auf die Beine stellen, oder, Mascha, was meinst du?" Stefana geht zur Tür. „Jetzt müssen wir erst mal die Nachtschicht pünktlich ablösen. Wir reden später darüber, okay?"

Wir traben hinter Stefana her in Richtung Stationszimmer. „Hey, wenn wir einfach zusammen von Zimmer zu Zimmer gehen und den Patienten ein Weihnachtslied vorsingen, wie wäre das?", frage ich Mascha leise.

„Superidee. Aber bei musikalischen Patienten sagen wir lieber ein Gedicht auf", schlägt sie vor. Ich schubse sie zur Strafe für ihre Bemerkung.

„Mit Gedichten sieht es finster aus. Ich kann bloß: *Von drauß vom Walde komm ich her*", muss ich leider zugeben.

Mascha schüttelt den Kopf. „Das kommt davon, dass du mit deinen Eltern eine *stille* Heilige Nacht pflegst. In meiner Familie lernt man jede Menge Gedichte."

„Noch schöner wäre es allerdings, wenn wir kleine Geschenke hätten!“, meint Mascha.

„Aber wo sollen wir die hernehmen? Ich bin völlig pleite!“, gebe ich zu bedenken.

„Ich auch“, sagt Mascha. Doch dann fängt sie an zu strahlen. „Ich hab's. Lewi, mein ältester Bruder, der mich abholen kommt, hat eine Gärtnerei. Er könnte vielleicht ein paar Tannenzweige mitbringen. An die binden wir eine Schleife oder so und überreichen das unseren Patienten.“ Maschas Gesicht glüht vor Begeisterung.

„Findest du Geschenke denn wirklich so wichtig?“

„Hmm, eigentlich schon!“, grinst Mascha, und ich frage mich, was es da zu grinsen gibt. Mascha denkt einen Moment nach. „Jetzt müssen wir erst mal rausfinden, ob Lewi mitmacht“, beschließt sie.

Wir erklären Stefana, was wir vorhaben, und sie erlaubt Mascha, mit ihrem Bruder zu telefonieren. Aber vorher müssen wir das Frühstück austeilen. Und das geht heute schnell, weil wir so beschwingt bei der Sache sind.

„Was ist hier eigentlich los?“, will Stefana wissen, nachdem wir in Rekordzeit fertig sind.

„Wie meinen Sie das?“, frage ich.

„Na, ihr beiden. Seit wann seid ihr denn so ein Herz und eine Seele?“

Mascha und ich schauen uns etwas verlegen an. Unser ewiges Hinundher war anscheinend nicht zu übersehen. „Eigentlich schon immer“, sagt Mascha. „Nur hat Lilly ein bisschen länger gebraucht, um das zu kapieren.“

Was fällt ihr ein! Schließlich hatte ich doch einige Male allen Grund, mich aufzuregen. Aber dann muss ich an Torsten denken, und wie er gesagt hat, ich würde mich über Peanuts aufregen. Ich habe wirklich ganz schön lange gebraucht, um das zu kapieren!

Mascha telefoniert mit ihrem Bruder in breitestem Hessisch. So habe ich sie noch nie reden hören!

„Bruderherz, ei, horsch emal", schmeichelt sie mit samtiger Stimme, „mir hawwe da so e Ideee, da könnste uns ährlisch dadebei unnerschdüzze."

Faszinierend! Klingt wie eine Fremdsprache. Meine Eltern haben immer Wert darauf gelegt, dass ich dialektfrei spreche.

Mascha redet sich in Rage und erklärt ihrem Bruder lang und breit, was wir wollen. Wenn ich nicht wüsste, worum es geht, würde ich nicht viel verstehen. Mit roten Wangen legt sie wieder auf.

„Natürlich hat er heute unheimlich viel zu tun", berichtet sie mir. „Aber weil er ein Goldschatz ist, hat er versprochen, 32 kleine Tannengestecke mit einer goldenen Mistel drin mitzubringen. Das heißt, wir brauchen keine Schleifen mehr, oder was meinst du? Ist das nicht toll! Hat manchmal Riesenvorteile, wenn man das einzige Mädchen und dann auch noch die Jüngste von allen ist!"

Stefana unterbricht die frohen Botschaften. „Na gut, ihr zwei, ist ja schön, dass ihr euch die Mühe machen wollt. Obwohl ich euch nochmal warne. Manchen Patienten ist Weihnachten wirklich egal, und andere werden depressiv. Versprecht euch nicht zu viel davon. Außerdem solltet ihr euch jetzt darauf konzentrieren, die Patienten in frische Wäsche zu packen. Versucht, alle zu einer Dusche zu überreden. Und diejenigen, die nicht alleine duschen können, werden gewaschen. An die Arbeit, Mädels!"

Das lassen wir uns nicht zweimal sagen.

Als wir uns nicht mehr so taufrisch, aber immer noch begeistert von unserer Idee am Schichtende wieder treffen, gibt Stefana jeder von uns ein kleines Päckchen. „Ich wünsche euch beiden frohe Weihnachten. Erholt euch gut." Sie zögert einen Moment. „Eigentlich würde ich am liebsten zuschauen, wie eure Weihnachtsaktion verläuft, aber meine zwei kleinen Jungs wollen heute Abend mit Mama auch Weihnachten feiern, und ich habe noch nicht mal ihre Geschenke eingepackt. Also", sie lächelt uns zu, „dann sehen wir uns in zwei Wochen wieder. Ich habe nämlich noch eine Woche länger frei als ihr."

Damit verlässt sie die Station.

„Hast du gewusst, dass sie Kinder hat?", frage ich Mascha und betrachte das Päckchen.

„Klar, ich habe sie mal gefragt. Was da wohl drin ist?" Sie schüttelt das Päckchen. „Ich mache das erst heute Abend auf. Jetzt habe ich sowieso nicht die Ruhe."

In diesem Augenblick kommt ein großer, breiter Mann mit einem gewaltigen Korb voller Tannengestecke zu unserem Glasquader.

„Jemand hat Blumen bestellt!", sagt er grinsend und setzt den Korb ab.

Gerade als Mascha sich begeistert ihrem Bruder an den Hals wirft, biegt unser Lieblingsfreund, Dr. Wiener, um die Ecke.

„Was ist denn hier los? Wo kommt dieses Nadelzeugs

her?“ Bei dem Wort *Nadelzeugs* verzieht sich sein Gesicht, als hätte er sich gerade daran in den Finger gestochen.

Mascha hat ihren Bruder sofort wieder losgelassen. Lewi betrachtet Dr. Wiener neugierig, dessen Augen schon wieder diesen Rumpelstilzchen-Ausdruck annehmen.

Ich sage ein paarmal *Rùllupylsa* vor mich her, um ruhig zu bleiben, und frage mich, was ihn so aufbringt.

„Wo ist Stefana?“, brüllt er in den Quader.

„Die ist schon weg“, lässt Karin verlauten, die seit heute wieder da ist und gleich die Spätschicht übernehmen muss.

„Von wem sind diese Staubfänger bestellt worden?“, wendet er sich jetzt an Mascha und mich.

„Von mir!“, antwortet Mascha.

„Wurde das mit der Klinikleitung abgesprochen? Wir werfen doch sonst unser Geld nicht so zum Fenster hinaus! Wirklich unglaublich, da werden dringend benötigte Röntgengeräte nicht gekauft, und dann so was!“ Er tritt mit dem Fuß gegen den Korb. Ein Schwall Tannenduft verbreitet sich im Raum und bringt uns alle unwillkürlich dazu, tief einzuatmen. Riecht schon fast wie Weihnachten.

Lewi nimmt daraufhin den Korb an sich, während Mascha versucht, Dr. Wiener zu beruhigen.

„Das kostet gar nichts. Es ist eine Spende!“, erklärt sie.

Dr. Wiener stutzt einen Augenblick. Damit hat er nicht gerechnet. „Blödsinnige Spende!“, sagt er und rauscht davon.

Karin zuckt nur die Schultern und geht nach nebenan ins Schwesternzimmer.

Lewi schaut hinter ihm her. „Ist das der Idiot, von dem du mir erzählt hast?", fragt er. Mascha wird rot, denn leider war Dr. Wiener noch nicht weit genug entfernt und kommt zurück.

„Wer ist hier ein Idiot?", hakt er nach.

„Ich!", sage ich tapfer. „Ich bin ein Idiot, weil ich ... das Weihnachtsgeschenk für meine Mutter vergessen habe. Und jetzt wollen wir endlich mit unserem Weihnachtsrundgang anfangen. Denn eigentlich, Herr Dr. Wiener, sind wir schon fertig für heute."

„Und warum stehen Sie dann noch hier herum?"

„Weil wir für die Patienten ein Weihnachtssingen veranstalten werden."

Dr. Wiener verschluckt sich fast. „Wozu das denn? Das werden Sie schön sein lassen, sonst beschwere ich mich bei der Pflegedirektion. Weihnachten ist Privatsache, basta!"

„Aber es tut den Patienten bestimmt gut", wagt Mascha zu sagen.

„Was für die Patienten gut ist und was nicht, entscheide auf dieser Station immer noch ich!", schnaubt Dr. Wiener und verschwindet.

„Jetzt erst recht!", sagt Mascha, und ich bin genau ihrer Meinung. Wir schauen fragend Karin an, die vom Schwesternzimmer aus alles mitverfolgt hat. „Weiß Stefana, was ihr vorhabt?", fragt sie.

„Ja, und sie findet es in Ordnung."

„Gut, dann legt mal los."

Das lassen Mascha und ich uns nicht zweimal sagen.

Maschas Bruder trägt uns den großen Korb mit den Tannenzweigen und bleibt dann damit vor der ersten Tür stehen.

Die winzigen Gestecke sind sehr hübsch geworden. Lewi hat einen Tannenzweig, eine goldene Nuss und goldene Misteln zu einem kleinen Strauß zusammengebunden. Mir würde das gut gefallen. Mal sehen, wie es bei den Patienten ankommt.

Zuerst klopfen wir bei Frau Korda.

Sie freut sich über das Geschenk. Aber als ich anfangen will zu singen, hebt sie ihre Hand, soweit sie das schon kann. „Nein, seien Sie mir nicht böse, aber davon werde ich sentimental. Meine Tochter lebt in Amerika, und das macht mich an Weihnachten traurig genug." Sie verstummt kurz und fügt dann noch hinzu: „Wenn ich mir vorstelle, wie sie dort um den Christbaum sitzen und meine drei Enkel singen ..."

Wir wünschen ihr frohe Weihnachten und gehen weiter zu zwei älteren Damen, die – gelinde gesagt – schon etwas vergesslich sind. Als wir anfangen zu singen, unterbricht die eine uns und fragt, ob der Sommerschlussverkauf schon vorbei ist. Und die andere lacht fröhlich und sagt: „Der Doktor, der mich operiert hat, ist ein Mörder!"

Sofort fällt mir Dr. Wiener ein, aber dann, als alle schallend lachen, wird mir klar, dass es nicht ernst gemeint war. Ich mache noch einen Versuch mit *Morgen, Kinder, wird's was geben.* Doch genau in diesem Moment bekommt die eine der beiden Besuch. Wie schön. In den letzen zwei Wochen war nie jemand bei ihr.

Draußen vor der Tür müssen Mascha und ich wieder

lachen. Das läuft wirklich ganz anders, als wir es uns vorgestellt haben.

Aber ein Zimmer weiter liegen zwei Patientinnen, die erst gestern als Notfälle eingeliefert worden sind. Die beiden freuen sich und fragen sogar, ob sie sich etwas wünschen dürfen. Dürfen sie. Deshalb singe ich dann *White Christmas* für die beiden. Gerade als ich an meiner Lieblingsstelle angekommen bin – „May your days be merry ..." –, wird die Tür aufgerissen. Dr. Wiener steht vor uns und hinter ihm mein Held, Mr Superman Professor Dobler.

„Was ist das für ein Lärm? Die Patienten brauchen Ruhe!", sagt das Rülpswürstchen. Jetzt, in Gegenwart von Dobler, schreit er nicht, sondern spricht mit ruhiger Stimme.

Als Professor Dobler fragt, was wir hier treiben, erklärt Mascha unsere Idee und überreicht auch ihm ein kleines Tannengesteck.

Dobler riecht daran. „Das duftet herrlich. Und das haben Sie beide sich ausgedacht?", will er wissen. Die Rülpswurst sieht so aus, als würde sie sich gleich die Hände reiben.

Professor Dobler wirft einen Blick auf unsere Namensschilder. „Lilly Podeschwa und Mascha Klatzeck. Wie erfreulich, dass wir Lernschwestern in unserem Team haben, die sich so engagieren. Bravo!"

Dobler fordert uns auf weiterzumachen und verlässt mit dem in sich zusammengesunkenen Dr. Wiener das Zimmer.

Wir hingegen schlagen ganz unkrankenschwesternmäßig unsere flachen Hände zusammen wie Basketballspieler nach einem erfolgreichen Wurf und sind beim Rest unserer Runde umso begeisterter bei der Sache.

Begeisterung können wir auch wirklich brauchen, denn viele Patienten ziehen eindeutig das Fernsehprogramm unserem Auftritt vor. Niemand scheint sich für Gedichte oder Weihnachtslieder zu interessieren. Aber über die Tannenzweige freuen sich die meisten. Den größten Erfolg haben wir bei Herrn Ludwig und Herrn Baumgartner, die zu stationären Nachuntersuchungen da sind. Ludwig fragt augenzwinkernd, ob wir auch einen Weihnachtsstrip im Programm hätten, was Baumgartner zu einem genervten Aufstöhnen verleitet. Und als er merkt, dass Herr Ludwig rein gar nichts mit Poesie anfangen kann, lässt Baumgartner Mascha drei extralange Gedichte aufsagen. Zuerst denke ich, er macht das nur, um Ludwig zu ärgern. Aber dann bemerke ich – und Mascha auch, wie ich an einem Seitenblick von ihr sehen kann –, dass er den Tränen nahe ist.

„Meine Enkel besuchen mich nie, obwohl sie in Frankfurt wohnen! Nicht mal an Weihnachten", sagt er und putzt sich energisch die Nase.

„Ich wusste gar nicht, dass Sie Familie haben – und sogar Enkel", sage ich erstaunt, denn bisher hat Baumgartner sie mit keinem Sterbenswörtchen erwähnt. Und ich hatte auch nie den Eindruck, dass er sich für irgendetwas außerhalb seiner selbst erwärmen könnte.

„So einen Griesgram würde ich nicht mal am Sterbebett besuchen!", lässt sich Ludwig gut gelaunt aus dem Nachbarbett vernehmen.

Ich verkneife mir ein Nicken. Denn Ludwig liegt gar nicht so daneben. „Rufen Sie doch Ihre Enkel an, und wünschen Sie Ihnen fröhliche Weihnachten!", schlage ich vor.

„Wieso ich? Die sollten sich um mich kümmern, oder nicht?", fragt Baumgartner.

„Aber Sie könnten doch auch den ersten Schritt machen", sagt Mascha und bringt damit genau das zum Ausdruck, was ich mir auch gerade gedacht habe.

„Das langweilt!", meckert Ludwig. „Gibt's eigentlich ein Gläschen Wein zum Fest?", fragt er.

Wir schütteln den Kopf. „Natürlich nicht, Herr Ludwig."

„Schade!", sagt er.

„Aber es ist nicht richtig, wenn ich zuerst anrufe!", nörgelt Baumgartner.

„Sie können natürlich auf stur schalten und sich das gesamte Weihnachtsfest hindurch grämen, wenn keiner kommt", sage ich nur.

„Der sucht doch bloß einen Grund zum Jammern. Der will gar nicht, dass sich was ändert!", stellt Ludwig fest.

Das ärgert Baumgartner. „Doch. Als erste Änderung würde ich es sehr begrüßen, wenn der Ludwig in ein anderes Zimmer käme. Und das mit meinen Enkeln, das überlege ich mir noch!", sagt er und schließt demonstrativ die Augen.

„Dann frohes Fest!", verabschieden wir uns.

„Glaubst du, dass Baumgartner seine Enkel anruft?", fragt Mascha draußen. „Ich denke, er macht's und springt über seinen Schatten."

„Na, da würde ich nicht drauf wetten." Ich bleibe skeptisch.

Lewi bleibt mit dem leeren Korb am Glasquader stehen. „Ich fahre schon runter!“, sagt er zu Mascha. „Beeil dich. Alle warten schon auf uns!“

Mascha nickt, geht zu ihm und gibt ihm rechts und links ein Küsschen. „Nochmal vielen Dank, Bruderherz. Wirklich ganz toll von dir, dass du uns die Zweige spendiert hast.“

Ich winke ihrem Bruder zu, und wir gehen zum Umkleideraum.

Dort sperrt Mascha ihren Spind auf und raschelt geheimnisvoll darin herum. Dann dreht sie sich zu mir um. „Hier, vom Christkind!“, sagt sie und sieht wirklich aus, als könnte sie ein himmlischer Bote sein. Sie überreicht mir ein goldglänzendes Päckchen mit roten Kordeln daran. An den Kordeln hängen getrocknete, zart duftende Orangenscheiben und Zimtstangen.

„Ja, aber ...“ Mir fällt nichts ein, was ich sagen könnte. Dazu hat es in meiner Magengrube einen viel zu großen Satz gemacht. Außerdem habe ich kein Geschenk für Mascha. Deshalb hat sie vorhin so gegrinst, als ich gefragt habe, ob Geschenke wichtig sind.

„Jetzt pack schon aus!“, sagt sie.

„Aber ich nehme es viel lieber mit nach Hause.“

„Schade, ich hätte so gern dein Gesicht gesehen, wenn du es aufmachst!“, nuschelt Mascha, die gerade mit dem Kopf in ihrem Rollkragenpulli feststeckt.

„Na gut, wenn du möchtest.“ Ich setze mich auf die schmale Holzbank vor den Spinden. Vorsichtig versuche ich, die Tesastreifen abzuziehen, weil ich das schöne Papier nicht kaputt machen will. Dann greife ich in das Päckchen. Es fühlt sich weich an. Als ich das Geschenk herausziehe, springe ich auf. „Oh, wie schön! Mascha, die ist ja toll!“

Mascha freut sich. „Du siehst genauso überrascht aus, wie ich mir das vorgestellt habe. Probier sie doch mal an, damit ich sehen kann, ob sie dir passt.“

Ich ziehe mir den Schwesternkittel über den Kopf und schlüpfe in die wunderbar weiche Lederweste mit Fransen. Sie ist viel schöner als die, die ich mir an Maschas Vorhang ruiniert habe.

„Vielen Dank, das ist ja …“ Mir fällt gar nicht ein, was ich sagen könnte. Wie lieb von Mascha. „Und ich habe nichts für dich!“

„Ist doch nicht nötig, du schenkst ja nicht mal deiner Mutter was, oder?“ Mascha hat schon ihren Mantel an und geht zur Tür. „Dann bis in ein paar Tagen. Fröhliche Weihnachten!“

„Hey, warte mal!“, rufe ich hinter ihr her, aber sie ist bereits zum Aufzug gesprintet.

Ich fühle mich ganz sonderbar. Überrascht und gleichzeitig so froh. Immer wieder streiche ich mit den Fingern über das weiche Leder der Weste. Wie schön. Als ich fertig umgezogen bin, sperre ich den Spind ab und fahre mit dem Aufzug nach unten.

Aber im Aufzug merke ich, dass ich viel zu aufgeregt bin, um gleich ins Wohnheim zurückzugehen. Ich möchte noch eine kurze Verschnaufpause, bevor meine Eltern mich abholen.

Da kommt mir eine gute Idee. Ich drücke auf den sechsten Stock und fahre nach oben. Dort angekommen, laufe ich über die Treppen weiter hinauf.

Da, ich höre Schritte, die mir entgegengehen. Unwillkürlich denke ich an Dr. Wiener und sehe mich nach einem Versteck um. Irgendwie kommt es mir so vor, als würde ich etwas Verbotenes tun. Dabei hat nie jemand gesagt, Lernschwestern dürfen nicht aufs Dach. Also atme ich tief durch und gehe weiter, bis derjenige direkt vor mir steht.

„Du bist das!“, sagt Rufus und sieht durch mich durch, als wäre ich gar nicht da. Seine Haare glänzen feucht, und über seine Wangen laufen Wassertropfen.

„Fröhliche Weihnachten!“, erwidere ich und bin erleichtert, dass es Rufus ist.

„Hör mir auf mit *Fröhliche Weihnachten*, das ist doch alles nur blödes Zeug!“, brummt er.

„Was ist denn mit dir los?“, frage ich nach. So schlecht gelaunt habe ich ihn noch nie erlebt.

„Ach“, seufzt Rufus. „Manchmal läuft eben alles anders, als man denkt.“

„Das kenne ich!“, sage ich, denke an meine letzten Wochen und wünsche mir, dass er nochmal mit mir auf den Balkon kommt.

„Das kann ich mir nicht vorstellen!“, sagt Rufus und geht an mir vorbei die Treppe nach unten. Er riecht nach Rauch. Hat er nicht erzählt, dass er aufgehört hat zu rauchen?

„Tschüss!“, rufe ich ihm nach und frage mich, warum er mir nicht gesagt hat, was los ist. Schließlich habe ich mich neulich auch bei ihm ausgeweint. Schade, dass ich ihn verpasst habe. Nicht, dass ich gehofft hätte, er wäre überhaupt dort oben. Ich wollte einfach mal das weihnachtliche Frankfurt im Dunkeln sehen.

Ich schließe die Tür auf und betrete das Balkönchen.

Es regnet leicht und stetig. Ich atme ganz tief ein und halte mein Gesicht in den Regen. Dann schaue ich auf das Lichtermeer, das sich unter mir ausbreitet. Auf den weit entfernten Straßen scheint das Licht zu fließen wie Lava in der Nacht. Dabei sind es nur die Autorücklichter.

Die Umrisse der Hochhäuser verschwimmen im Regen mit der Dunkelheit, sodass die weihnachtlichen Lichterketten beinahe im Nichts zu schweben scheinen. Wie überdimensionale Sterne blinken deshalb die Tannenbäume und Weihnachtsmänner am dunklen Himmel und geben den hektischen Puls der Stadt schimmernd wieder.

Ich hab's geschafft! Ich bin immer noch hier mittendrin, obwohl ich zuerst oft gedacht habe, dass ich das alles nicht hinkriegen würde: Dr. Wiener und Schwester Agnes und Berge von Wissen. Dazu ständig Maschas Kommentare.

Hätten wir nicht schon viel eher Frieden schließen können?, geht es mir durch den Kopf. Vielleicht, wenn sie – na gut, wenn *ich* nicht so stur gewesen wäre. Immerhin haben wir jetzt einen Anfang gemacht, und das ist auch gut so.

Schließlich müssen wir noch schrecklich viel lernen, um Krankenschwestern zu werden. Und während der Regen von meinen Haaren in den Kittel tropft, frage ich mich, ob ich wirklich bereit bin, mich durch alles durchzubeißen, was da noch auf mich zukommt.

Aber meine Antwort ist klar, pulsiert durch meinen Körper wie die Lichterketten vor mir. Ich gehe einen Schritt vor ans Geländer und singe ein lautes „Jaa, jaa, yes, yeah“ ins Dunkle, und ich glaube, ich strahle dabei mindestens genauso sehr wie die Lichterketten.

Für eine angehende Krankenschwester ist das ganz schön theatralisch. Tja, manchmal merkt man eben doch, dass ich eigentlich Eliza-Lolita heiße.

Beatrix Mannel arbeitete knapp zehn Jahre als Fernsehredakteurin, ehe sie anfing, Romane für Erwachsene und dann auch für Jugendlich zu schreiben. Die Autorin lebt mit ihrem Mann und ihrem Sohn in München.